Banished from the brave man's group, I decided to lead a slow life in the back country.11
真の仲間じゃないと勇者のパーティーを追い出されたので、辺境でスローライフすることにしました11
ざっぽん
やすも

CONTENTS

プロローグ　英雄達の事情
4

第一章　真夏のゾルタン、頑張らない季節
9

第二章　バカンス、夏のビーチ
51

第三章　少年の終わり
92

幕間《まくあい》　聖者の見た世界
172

第四章　楽しい料理
176

第五章　聖者の誘惑
213

第六章　夏の思い出
258

エピローグ　成長
273

あとがき
283

Illustration：やすも
Design Work：伸童舎

イルカが跳ねたよ!!」
和ね!」

「見て！」
「絶好の旅行日」

「レッドも泳ごうよ！　最高だよ！」

真の仲間じゃないと勇者のパーティーを追い出されたので、辺境でスローライフすることにしました11

ざっぽん

角川スニーカー文庫

23392

Illustration：やすも
Design Work：伸童舎

CHARACTER

レッド
(ギデオン・ラグナソン)

勇者パーティーを追い出されたので、辺境でスローライフをすることに。数多くの武功をあげており、ルーティを除けば人類最強クラスの剣士。

リット
(リーズレット・オブ・ロガーヴィア)

ロガーヴィア公国のお姫様にして、元英雄的冒険者。愛する人との暮らしを楽しむ幸せ一杯なツン期の終わった元ツンデレ。

ルーティ・ラグナソン

神に選ばれた『勇者』と心から生じた『シン』の２つの加護を持つ少女。生まれて初めてただの少女としての夏を満喫する。

ティセ・ガーランド

『アサシン』の加護を持つ少女。暗殺者ギルドの精鋭暗殺者だが今年の夏はエンジョイするぞと張り切っている。

ヤランドララ

植物を操る『木の歌い手』のハイエルフ。好奇心旺盛で、彼女の長い人生は数え切れない冒険で彩られている。

タンタ・ストウ

レッドに懐いているハーフエルフの少年。大工になるのが夢だが『枢機卿《カーディナル》』の加護を与えられてしまう。

エレマイト

隠者という意味の名前を持つ長身の女性。聖方教会の苦行僧でタンタの加護に執着する。両目は修行のために自ら潰した。

ゴンズ

レッドの友人の大工。甥っ子であるタンタを我が子同然に可愛がり、大工になるという夢を応援している。

プロローグ　英雄達の事情

「つまりは」

ヴェロニア王となったサリウスが言った。

ここは魔王軍との最前線。

ドワーフ王の魔法によって一夜で築かれた岩の砦《とりで》の会議室だ。

テーブルを囲んでヴェロニア王サリウスや勇者ヴァン。

バハムート騎士団の団長やカタフラクト王国の騎士王。

ハイエルフの長老達やドワーフ王。

氷魔女《フロストウイッチ》ログネダや仮面の騎士エスカラータ、妖精眼《ようせいがん》のアルニムといった英雄。

他にも魔王軍と戦う人類側の実力者達が一堂に会していた。

各地で戦っていた彼らが短期間にしろ自分の戦場を離れ、こうして集まることができたのも勇者ルーティの活躍によって人類側が反撃できる態勢を整えられたことと、サリウス王と勇者ヴァンが人類側の戦力として加わったからであった。

サリウス王が言葉を続ける。

「Sランク冒険者のほとんどは今回の戦争で助力は得られないというのが結論だな」

人類側の実力者達は、その言葉に不満げな様子でうめいた。

「貴殿の仲間はなぜ参戦していないのだ、アルニム殿」

エスタが言った。

Sランク冒険者パーティー〝帰還六槍《リターナーシックス》〟の1人であるアルニムの虹色の左目がギョロリとエスタの方向を睨《にら》む。

その目は悪《あ》しき妖精を封じた義眼だと噂《うわさ》される異形だ。

「それにログネダ殿の師である『冬の魔女』バーバヤーガ殿もだ」

バーバヤーガが所属するSランク冒険者パーティー〝秘匿者同盟《ひとくしゃどうめい》〟はこの戦争に参加していない。

彼女達の弟子である魔女や呪剣士が参加しているだけだ。

ロガーヴィアの英雄リットのような、国を救うレベルの冒険者でもAランク。

つまり国家が訓練された軍を動かしても解決できないような脅威ですら解決するのがAランク冒険者パーティーである。

Sランク冒険者パーティーとはそれ以上の存在。他の誰も解決できないような問題を解決できると認められた英雄達だ。

世界の危機に動員されるべき戦力だと冒険者ギルドは定義している。

だが、魔王軍との戦いに参加しているSランク冒険者はほんの数名だった。

「皆、それぞれの役割を果たしている」

アルニムは淡々とそう言った。

ログネダも微笑を浮かべたまま頷《うなず》いた。

「そうか、ならば仕方がない」

「しかしエスカラータ殿、人類の危機に最大の戦力が動かないというのはどうかと思うが」

ドワーフ王の言葉にエスタは首を横に振った。

「彼女達は冒険者ギルド以外の組織には所属していない。彼女達の主人は彼女達自身だ、戦いを強要することはできない」

「エスタ殿の言う通りだ、ないものを望んでも仕方がない。我々は人類を救おうと集まってくれたこの戦力で戦うことに集中すべきだ」

エスタとサリウスはそう言って話を打ち切った。

2人がこの問題について代表として発言したのは、早々にこの議題を打ち切るためだ。

侵攻当初ならともかく、現在の戦況では参戦する意思のない大英雄を探し出し無理やり戦《いくさ》に連れ出す必要はない。

それにエスタもサリウスも、人類を救うのは人類の意思だということを知っている。

「では次の議題に入ろう、フランベルク王国を解放する計画だが……」

防衛から解放へ。

いまだ油断はできないとはいえ、魔王軍との戦争は終局へ向かいつつある。

「……………」

話を黙って聞いていたエスタは自分の顔を見つめる氷魔女ログネダの視線に気がついた。

「戦争が終わったら冬の魔女殿に、この戦争の間何をしていたか話をしてみたいものだな」

エスタがそう言ったのは、別に何か深い意図があったわけではない。

ただ興味があっただけだった。

「あなたならいずれ分かる時が来るかも知れません」

ログネダはそう答えた。

テオドラだったらそのまま流したのだろうが、エスタはすべてを知っているような顔のログネダを見て悪戯《いたずら》心が起き、つい言い返した。

「分かる時が？　神の望みがこの戦いそのものにあるとしても、私の戦いは苦しむ者のためにある」

「それは……」

「私は何も変わらんよ」

ログネダの微笑が消えた。

その目には恐れが見えた……目の前にいる者が自分の師と同じように、自分の知らない高みを知っていることを理解したのだ。

やはりそうだったかとエスタは仮面の裏で笑う。

エスタと同じように、この世界の最上位に位置する者達もデミス神と加護についてある程度の答えにたどり着いたのだろう。

『勇者』と『魔王』の戦いの目的が、初代勇者の魂の再現だということまで理解しているのかは分からないが……。

だが世界の真実を知ったからと言って、自分は他者との関わりを断ち隠者のように閉じこもる必要はない。

エスタはそう考えている。

(まぁ私が割り切れたのも、レッド殿やアルベールがいてくれたからではあるが)

もしルーティと旅をしていた頃のテオドラが世界の真実を知っていたら……ここにいないSランク冒険者達のように魔王軍と戦うことを止《や》めていたかも知れない。

(そうなったら私は1人で何をしていたんだろうか)

神に忠実だった頃のテオドラが、神の目的が魔王を倒すことではないと知っていたら……。

エスタはそうなっていた自分を想像し、恐ろしくなって考えるのをやめた。

第一章 真夏のゾルタン、頑張らない季節

季節は夏。

ゾルタン人の本領が発揮される季節。

「だれもこない」

カウンターに座るルーティが言った。

「来ないなぁ」

カウンターの上の昨日売れ残った薬草クッキーを食べながら俺はそう答える。

ルーティの足元には水桶《みずおけ》が置かれ、ルーティはその中に足をつけて暑さをしのいでいる。

「仕方がない、ゾルタンの夏は暑いから。やる気が出なくなるのはとても新鮮」

『シン』の力によって『勇者』を抑えていることで、ルーティはゾルタンの夏を満喫していた。

勇者だった頃のルーティからは想像もできないダラッとした姿。

これもルーティが『勇者』から取り戻した人間性だ。

ゾルタンの夏、それは1年で最も過酷な季節。

まず亜熱帯のゾルタンは気温が高い。

そして周囲を湿地帯に囲まれるゾルタンの夏は湿度も高い。

ついでに夕立も多いし、嵐も来る。

こうなればゾルタン人達は先祖代々受け継ぐゾルタン魂を発揮せざるを得ない。

「つまりはこの季節は誰もが仕事もせず家でゴロゴロする」

とにかく仕事をしない。

明日できることは明日どうするか考える。

明日考えた結果、大体明後日以降へ先送りされる。

仕事をする方も頼む方も夏の間は遅れるのを分かっているので、打ち合わせと言って涼しいところでダラダラ世間話を続け、何も決まらないから遅れても仕方がないと笑って別れる。

これぞ夏のゾルタンだ。

まぁゾルタンの夏はあまりの暑さに倒れる人も多いので、夏にサボるという文化は健康のために自然と発生した文化なのかも知れない。

「市場も品物少ないし、今日の夕飯どうするかな」

サボるというのは当然ゾルタン商人達も含まれる。

インフラすらサボるのだ。

ただでさえ暑さで食材が傷みやすくなっているのに、流通が滞り新鮮な食材などが足りなくなってしまう。

この時期に収穫するべき野菜や果物も多いのだが、ゾルタンの農家は夏の作業量が少ない農作物を好んで育てている。

「客も来ないし、港区に何か売ってないか見てこようかな」

「それがいいと思う」

ルーティもそう言って頷いた。

冬は懐炉を作って何とかなったが、夏のゾルタンは相手が悪すぎる。

「お兄ちゃん」

「ん、ルーティも来るか？」

「うん」

「外は暑いぞ」

「水筒を持っていく」

ルーティは両手で水筒を持って見せた。

旅で使っていた魔法の品物ではなく、ゾルタンで買った陶器製の水筒だ。

断熱効果のある顔料を塗られているのだが、水筒には丸っこい蜘蛛《くも》の絵が描かれてある。

モデルはティセの相棒うげうげさんだ。

「お気に入り」

水筒を作ってからルーティはいつも水筒を携帯している。

毎日しっかり手入れをしていて、大切にしていることが伝わってくる。

「じゃあ店はリットに任せて、俺達は買い物に行くか」

「うん」

ルーティは嬉《うれ》しそうに頷いた。

＊　　＊　　＊

今日は晴れ、空には大きな白い雲が浮かんでいる。

そして暑さは過酷。ドラゴンだって舌を出して不満を言うだろう。

「暑いな」

「暑いね」

俺とルーティはそう言って、２人同時にタオルで汗を拭いた。

『勇者』だったルーティと旅をしていた時はありえなかった光景だ。

火山を流れる溶岩の熱気ですら、ルーティの身体に影響を及ぼすことはなかった。

皮膚を焦がすような暑さの中であっても『勇者』は戦えなければならない。

暑さはルーティにとっては気温という数字でしかなかったのだ。

だから……ゾルタンの夏も俺達にとっては楽しい時間だ。

「でも暑い」

「暑いね」

拭いたそばから吹き出る汗。

灼熱《しゃくねつ》の砂漠みたいに立っているだけで死を感じる暑さではないが、倒れたまま放置されたら危険だと感じるくらいには暑い。

つまりは暑い、何度でも繰り返したくなるほど暑い。

「暑い」

「お兄ちゃんは耐性スキルがあったわけじゃないのに、旅をしていた頃は〝暑い〟と言わなかった」

「命の危険があるような場所ではアレスの魔法で保護してもらっていたのもあるが……まぁ他のみんなは加護の力で耐えられるのに俺だけが弱音を吐くわけにもいかなかったから、やせ我慢していたんだ」

あの頃の俺は勇者の副官という立ち位置だった。

いつかは限界がくるとは分かっていたが、仲間にも弱みを見せないように心がけていた。

「そんなことをしていたからパーティーが崩壊してしまったのかもな」

「お兄ちゃんのせいじゃない、アレスがお兄ちゃんを追い出してしまったせい」

「ありがとう……でもパーティーが崩壊してしまった一番の原因は、あの頃の仲間達には信頼関係がなかったことだ」

魔王を倒すという目的のために集まり戦っていた俺達は、お互いの問題をよく知る余裕がなかった。

ルーティも俺もヤランドララもテオドラも、そして『賢者』アレスも……みんな別の問題を抱え、魔王を倒す理由も違っていた。

俺にはテオドラがアレス側に立ってルーティと戦うだなんて想像もできなかった。

そして俺がいなくなったことで、アレスがあそこまで追い詰められてしまうことも。

「俺がもっとアレスと話をしていたら、ああはならなかったんじゃないかって思う時がある」

アレスの葬式は冷たい冬の日だったな。

今日とは正反対だ。

「アレスの実家が没落貴族なのは知っていたが、アレスはお家再興の目的が潰《つい》えただけであそこまで追い詰められるようなヤツじゃない。多分、アレスの在り方の根底を否定してしまうようなことが、俺とアレスとの間にはあったんだ……」

「お兄ちゃん、アレスはもういないんだよ」

「……そうだな」

アレスは死んだ。

死んだ人間の魂はデミス神によって次の命へと転生する。

デミス神と直接対峙《たいじ》し、その言葉を聞いた俺はそれが事実だと知っている。

もうアレスという存在はどこにもいない。

伝説にあるウッドエルフの復活奇跡《リザレクション》ですら、魂が転生する前に別の肉体を用意しそれに魂を封じ込めるというものだ。

どんな強力な奇跡でも、転生した魂を元に戻すことはできない。

「暑さのせいかな、昔のことを思い出してしまった」

「そう」

明日は墓参りに行くか。

そこに死者はいなくとも、祈りは来世にも届くという話だ。

あのデミス神がそんな粋なことをしてくれるとは思えないが、祈りは生きている者のためにもある。

俺にはアレスとの記憶を振り返ることが必要だ。

加護というものに俺はまた向き合わなければならないのだから。

タンタの未来を導くために。

＊　　＊　　＊

ゾルタン港区。

ゾルタンの西側に位置するこの区画は、河川港が整備されゾルタンの玄関口として機能している……一応。

交易船の数は少なく、河川港という性質上大型船は入れない。

まぁそもそも大型船を使ってゾルタンまで交易にくるメリットはない。

「それでもここに交易品が集まるのは間違いない。上流の村から運ばれた商品も市場に行く前にここに集まるんだ」

「本当なら市場にいく商品が、まだ港区に残っているかも知れない」

「ありうるな」

船乗りは宿の中に引っ込んでいるのか、川沿いの通りは閑散としていた。

露店も出ていないようだ。

俺達は小さなお店に入る。

「らっしゃせー」

店に入った俺達をやる気のない声が迎えた。

声の主である青年は、上半身裸でうちわを扇《あお》いでいた。

声の通りにやる気はなさそうだ。

ここの店主は中年の女性だったはずだが息子だろうか？

「読み通り」

「ああ、色々食材が並んでいるな」

やはり市場の商人が暑さでサボって港区まで仕入れに来ていないのだ。

「これだけあれば色々作れるな」

俺はウキウキとした気分でそう言って、ルーティと一緒に次々に食材を買っていく。

「パーティーでも開くんですか？」

青年は食材を袋に詰めながら言った。

「そういうわけじゃないよ、ただたまにはちゃんと料理しようと思っただけだ」

「夏なのに？」

「夏でも毎日ぶっかけスパゲッティじゃ飽きるだろ」

「えー、材料替えれば無限に食えるッスよ」

ぶっかけスパゲッティは真夏のゾルタンの定番伝統料理。

これは茹《ゆ》でた麺を水で冷まし、有り合わせの食材を盛り付け香辛料をぶっかけるだけのゾルタン魂あふれる料理だ。

火を通すことが必要な食材は麺と一緒に茹でるのが一般的だ。

ゾルタンそばなんて呼び方もあるが、蕎麦《そば》はゾルタンの気候では育ちにくいため料理としての蕎麦を見かけることは滅多《めった》にない。

移住してきた誰かが言い出したのだろう。

ゾルタン人は蕎麦を食べたことがないのに、伝統料理をゾルタンそばと呼んでいるのは少し面白い。

中には蕎麦というものはこういうものだと勘違いしてしまっている人もいる。

害のない勘違いだし微笑《ほほえ》ましい。

こういう奇妙な文化もゾルタンという町の個性だ。

「で、どんな料理を作るんですか？」

「良さげなピーナッツとトマトが買えたから、ピーナッツシチューを作ろうと思っているよ」

「ピーナッツってシチューに入るッスか⁉」

「ああ、ペースト状にしてな。トマトの酸味と合うんだ」

「はー未知の世界だ、兄さん料理上手《うま》いんッスね」

「料理を作るのが好きなだけだよ」

「夏に料理なんてやりたくないッスよ」

青年は肩をすくめた。

「俺は今日もゾルタンそばで満足ッス」

＊　＊　＊

俺とルーティは買い物袋を下げて通りを歩いている。

夕方に差し掛かった太陽に照らされた道は陽炎《かげろう》がゆらゆらと揺れ、夏虫がけたたましく鳴いていた。

いつもなら子供の遊ぶ声が聞こえるのだが、さすがにこの暑さでは外で遊ぶ気になれないのだろう。

「子供達は誰かの家に集まってボードゲームをしている」

ルーティが言った。

ルーティは子供とボードゲームで遊んでいることも多い。コマとサイコロを使うワイヴァーンレースというゲームの名手として、下町だけでなく中央区やサウスマーシュ区の子供からも尊敬されているそうだ。

だから詳しいのだろう。

かつて村では『勇者』という異物として大人からも子供からも避けられていたルーティが、ゾルタンでは子供達からゲーム上手なお姉さんとして慕われている。

それはとても嬉しいことだ。

「この暑さだもんな、子供には危険だよな」

俺とルーティは耐性スキル抜きにしても、加護によって体力が強化されている。

俺達ほどじゃないが大人達はみんな加護があるので、加護がない状態よりも暑さに多少は耐えられるものだ。

だが加護に目覚めていない子供は違う。大人よりずっと早く倒れてしまう。

自分が大丈夫だからと目を離したら、子供が深刻な熱中症で倒れていたというのはよくある話だ。

真夏の間子供は大人の目の届くところで遊んだほうが安心なのだ。

「私達は例外だったね」

ルーティが言った。

俺とルーティは生まれた時から加護に触れていた。

『勇者』と『導き手』という特別な役割の加護だからだろう。

デミス神は初代勇者の魂を再現するために『勇者』を作った。

だから生まれた時から『勇者』らしく行動させるため、衝動で人生の方向を制限する必要があるのだろう。

そして『導き手』は、『勇者』が十分に成長するまで守ることができるよう、これも生まれた時から加護に触れている必要がある。

だから俺達は加護のない状態というものを経験していない。

「俺達は普通の子供じゃなかったからな」

「父さんも母さんも、私達のことは放置した」

「仕方ないさ」

俺達は親を必要としていなかった。

それは両親との関係をひどく悪化させてしまった……普通の村人であった両親にとって俺達はあまりに異質だったのだ。

だが『勇者』と『導き手』は、親という要素に影響されないよう作られている。

親がどのような人間であっても、『勇者』は健やかに育つ、そういう設計をされている。

俺達の境遇もデミス神の想定通りというわけだ。

「でもあの頃も今も、私にはお兄ちゃんがいてくれた」

ルーティが買い物袋を持っていない方の手で俺の手を握った。

「デミス神が何を企《たくら》んでいたとしても、私が普通の子供じゃなかったとしても、私はお兄ちゃんがいてくれたから幸せだった」

「俺もルーティがいてくれたから幸せな子供時代だったよ」

「でもお兄ちゃんは騎士になるため王都にいった」

「そ、それはルーティがいずれ旅立つことが分かっていたから……」

「分かってる、お兄ちゃんはずっと私のために頑張ってくれていた」

夏の日差しの中を歩きながら、ルーティは珍しく遠い目をしていた。

「それでも、もしお兄ちゃんと一緒に季節を過ごせていたらと思ってしまう」

「……そうだな、きっと楽しい日々だったんだろうな」

「うん」

揺れる陽炎の向こうに、幼い俺とルーティが手をつないで歩いている姿を思い浮かべる。

この世界では、加護に触れた時子供は大人になるという考え方が強い。

だとしたら生まれつき加護に触れていた俺達には子供時代がなかったことになる。

「加護か」

俺は道端に生えていた草を1つ手折ると、口に当てた。

ぷぅーという音がした。

ルーティが驚いて目を丸くしている。

「お兄ちゃんが草笛を吹けたなんて知らなかった」

「騎士見習いの頃に同僚から教えてもらったんだ、妹に見せたら喜ぶぞって言われてな」

「そうなんだ、なんで教えてくれなかったの？」

「……子供っぽいかなと思って」

「あの頃の私は子供だったよ？」

「それはそうなんだが……俺も子供だったんだ」

子供だった俺は、ルーティを喜ばせるためにせっかくおぼえた草笛を、ルーティはこんな素朴なものでは喜んでくれないのではと不安になって見せなかったのだ。

今考えればルーティが喜ばないはずがないのだが……あの頃の俺は小さな村を離れ王都という都会に1人引っ越して生活をはじめた子供だったのだ。

「お兄ちゃんにもそんな時期があったんだ」

「そりゃあな」

「お兄ちゃんも子供だったんだね」

「ああ、子供だったんだ」

俺は再びぷぅーと草笛を鳴らす。

「私も」とルーティが言ったので、草笛を手渡した。

ぷぅーと音がした。

「驚いた、上手いな」

「お兄ちゃんの真似《まね》したらできた」

ルーティは笑った。

その笑顔を見て俺も笑う。

『シン』の力で『勇者』を抑えるようになってから結構経《た》ったからか、最近は分かりやすい笑顔も見せるようになった。

小さな兄妹がそうするように、俺達はお互いの鳴らす草笛の音を聴き比べては笑いあったのだった。

暑い夏にはこういう気分になる日もある。

＊　＊　＊

キッチンに立ち、俺は夕食を作っていた。

俺が買い物に行っている間、店に来た客は1人もいなかったそうだ。

夏の間は診療所や商人への薬の配達で収入を得るしかないな。

「薬の在庫も考えないとな」

いつものペースで作っていたら薬が余ってしまう。

夏の間は山の薬草も豊富に生えているので、採取した薬草を乾燥させたりペーストにしたり保存できる形にする作業を進めるか。

「レッド」

背後からリットの声がした。

振り返ると俺のエプロンをつけたリットが立っていた。

髪を後ろで結び、やる気に溢《あふ》れている様子だ。

「私も手伝うよ！」

「ありがとう、それじゃあ小皿のマリネの下ごしらえをお願いしたいかな」

「分かった！」

リットは包丁《キッチンナイフ》を手にすると、ニジマスをさばいていった。

毎日の料理は今も俺が作っているが、こうしてリットが手伝うことが多くなった。

なぜそうするのかと聞かれたら、2人で料理するのが楽しいからとしか言えない。

もちろん手伝ってくれたら俺の作業は減るのだが、リットやルーティのために料理を作ること自体は俺の楽しみなのだ。

だからこれは効率のためではなく、ただ楽しいから……それだけの幸せな理由だ。

今日のメニューは南方風ピーナッツシチュー、ニジマスのマリネ、ニョッキのチーズ焼き、トマトとパプリカのサラダ、キャラメルパンケーキ、それに蜂蜜酒《ミード》。

このシチューは煮込む時間が必要だし、ニジマスのマリネは漬け込む時間が必要。

ニョッキは小麦粉から生地を作るし、キャラメルを煮込むのも時間が必要だ。

いやぁ贅沢《ぜいたく》だな。

普段と同じように店が終わってから夕飯を作るのではとても間に合わないだろう。

誰もが仕事をしないゾルタンの夏だからこそできる夕食だ。

「牛乳とバターを温めて、小麦粉を少しずつ入れて……終わったら火を弱めて塩と粉末にしたハーブを入れながらじっくり混ぜる」

「レッドは何を作ってるの？」

「ニョッキだよ、最近は製粉所で作ってるパスタが多かったから、こうして生地から作る料理も一品作りたくてね」

「うーん、いい香り！」

「生地に練り込むハーブの調合にこだわったからな、美味《おい》しいぞ」

「それは楽しみだわ！」

「リット、そっちが終わったら生地を混ぜるのをやってくれないか？」

「分かった、こっちはあと玉ねぎを刻んだら終わりよ」

「よし、俺はマリネのソースを作るから、リットは生地がなめらかになるまで混ぜてくれ」

「その後は？」

「火から外して卵黄とチーズを入れてまた混ぜる。その後は生地の形を作って固めるんだけど、そこは料理スキルがある俺がやった方がいいな」

「分かった！」

暑い中、火を使う料理をする。

リットの横顔を見ると、髪を結んであらわになった首筋にうっすらと汗が浮かんでいた。

なんだかドキリとしてしまう。

「ん？」

俺の視線に気がついたのかリットが俺の方を向いた。

そして少しだけ頬を赤くして楽しそうに笑う。

なんだか照れくさくなって俺は目をそらした。

そらした先には鍋を混ぜるリットの白くキレイな手。

その指にはブルーサファイアの指輪。

俺の贈った婚約指輪だ。

「ふふっ」

「どうしたの？」

「いや、幸せだなと思ってさ」

俺がそう言うと、リットはにへらと表情を崩す。

「私もだよ！」

それから俺達の間にしばらくのあいだ会話がなかった。

棒状にしたニョッキの生地を冷ましている間にピーナッツシチューへ取り掛かる。

俺はピーナッツをすり潰してペースト状にする。

すり鉢での作業は薬の調剤で慣れたものだ。

リットは材料を切って、鍋へ入れていく。

瑞々《みずみず》しい赤いトマトに包丁《キッチンナイフ》が入れられる。

上流にある山間の村で収穫されたトマトだそうだ。

夏でも比較的涼しい場所にあり、ニジマスもその村で獲《と》れたものだ。

普通のトマトだが、新鮮で良い色をしている。

もっと北にある名産地で採れるようなトマトではないが、それは日常の幸せな食卓を彩るのに十分なトマトだ。

「よし、下ごしらえはこんなもんだな!」

あとは唐辛子と水、そして頑張ってすり潰していたピーナッツを足してゆっくり煮込む。

料理もまず一段落といったところだ。

「「お疲れ様!」」

俺達はそう言葉を交わす。

それで十分だ。

＊　　＊　　＊

夕食の席には俺、リット、ルーティ、ティセ、うげうげさんが座っている。

「今日は豪勢ですね！」

ティセは微表情の顔に最大限の驚きを浮かべて言った。

「最近夏の暑さに負けて簡単な料理が多かったからな、たまには気合を入れてみた」

「私も料理スキルを取ってから色々作るようになったので分かりますが、これ結構時間かかる料理ですよね」

ティセはピーナッツシチューの器《うつわ》を手に取った。

「良い香りですね」

「ムザリの町の料理なんだ。トウモロコシ粉で作った団子にかけて食べたりするのが本式だな。これはシチューとして食べるように味を調整してある」

「私も暗殺者の仕事で色んなところに行きましたけど、お風呂とおでんの地域性のことばかり見てました」

「おでんの地域性は見てなかったなぁ……そもそもおでんってそんなに各地にあるものだったのか」

「主流ではないですけれど、よく探せば屋台を引いている人が1人くらいはいるものです」

「知らなかった」

ティセはシチューを一口食べる。

「美味しいです」

「良かった」

俺もスプーンで食べた。

鶏肉《とりにく》にピーナッツとトマトの風味がしみていて美味《うま》い。

我ながら上出来だ。

「熱々のチーズにハーブの風味が利いたニョッキ……美味しいね！」

「美味しい、酸味が合う味付け、食感も良い、今日もお兄ちゃんのご飯が食べられて嬉しい」

リットはチーズのかかったニョッキを、ルーティはニジマスを食べてそう言った。

料理をする時間も好きだが、こうしてみんなで一緒に俺の作った料理を食べる時間も好きだ。

平和な時間が過ぎていく。

＊　　＊　　＊

夜。

俺とリットは同じベッドに横になって穏やかな夜を過ごしている。

窓からは月明かりが差し込んで、明かりを消した部屋を優しく照らしていた。

「古代遺跡の探索が終わってからゾルタンは平和だね」

「ああ、今はみんなだらけてる」

「暑いものね……ロガーヴィアの涼しい夏が恋しくなるわ」

「俺の故郷もこんなに暑くはなかったな」

平和で平穏でだらけきった季節。

ゾルタンに来たばかりの頃のようにスローライフだから剣の訓練をあえてしないなんてこと、今はもうしていないのだが、暑さでやる気が出ないから訓練をサボるという昔の俺が聞いたら絶句してしまうような日々を送っている。

いや、イメージトレーニングはしているんだ。

「私は毎日剣を握っているけどね！」

「リットは剣が好きだな」

「うん、昔からね。お姫様のたしなみみたいな稽古をサボって、剣の稽古ばかりしてた」

「ははっ、その頃のリットのお転婆《てんば》が目に浮かぶな」

「城を抜け出して冒険者をするようになってからは、楽器や手芸の稽古もちゃんとやったけどね。いつも稽古をサボっていたら何をしているのか怪しまれると思ったから」

リットのやっていた楽器や手芸の稽古とはお姫様のやる花嫁修業のようなものだ。

筆、算術、礼法、詩、踊り、楽器、手芸あたりを教える家が多い。

「リットは一通り身につけているんだな」

「まぁね、でもどれも中途半端で人に見せられたものじゃないわ……踊りは楽しかったから結構やったけど」

「花嫁修業という目的じゃ、リットの満足するような稽古はできないよな」

リットは政略結婚を大人しく待っているようなお姫様じゃなかった。

稽古の目的が合わないのだから満足できるものにならなくて当然だ。

そのフラストレーションが剣と冒険に昇華されていたのかもしれない。

「でも私の加護が『スピリットスカウト』だと分かった時点で、父上は私が大人しくしていないのを分かっていたんだと思う。だから幼い私に護身用の剣を作ってくれたし、近衛《このえ》兵隊《へいたい》隊長で忙しかったのにガイウスを師匠につけてくれたんだわ」

リットの父親であるロガーヴィア王は普通のお姫様が護身用や運動として習う教本剣術

ではなく、いくつもの戦場を経験したガイウスによる実戦の剣術こそがリットには必要だと判断したのだ。

その判断は正しかったと言える。

『スピリットスカウト』は森の集落を守る斥候という役割を持つ加護だ。共同体を守るという意識と、共同体の兵士には所属せず自由行動を好むという衝動がある。

リットのもともとの性格もあるだろうが、事実としてリットは城を抜け出し庶民に交じって冒険者として活動した。

リットは城の中で守ってもらうお姫様という生き方より、剣を持って人々を守る生き方を選んだのだ。

加護は人生に大きな影響を与える。

「だけど、リットが城を抜け出すような性格だったのは加護のせいだけじゃないな」

「もちろん！　父上の昔の話を聞いた時は、よくも私のことを叱れたものねと憤慨したんだから！」

リットはそう言って眉を逆ハの字に歪《ゆが》めた。

ロガーヴィア王は王子だった若い頃、親友であったガイウスと共に悪い領主や山賊を成敗する世直しの旅をしていたらしいのだ。

リットの性格はまさしくロガーヴィア王に似たのだろう。

加護はデミス神から与えられるもので、親の加護や人生から受け継がれるものは一切ない。

しかしリットの父親はロガーヴィア王だ。

誰もがそう思うほど、リットには父親から受け継がれているものがある。

加護が人のすべてではないし、加護が人生のすべてを決めることもない。

こうして俺の腕の中でリットが眠ることも加護の役割からは遠く離れた結果だ。

「……暑い」

リットから少し距離を取られてしまった。

……加護より夏の暑さの方が厄介かも知れない。

*　*　*

翌日。

相変わらず客の来ない店をあとにし、俺は2つの診療所に薬を届けた後、花を1輪買って墓地へと向かっていた。

住宅地から少し離れたところにある墓地は閑散としていた。

この暑さだとお墓参りをする人も少ないのだろう。

だが静かというわけではなく、夏の虫がギャーギャーと大きな声で鳴いていた。

俺は雑草に覆われつつある道を進む。

角を曲がると耳の尖《とが》った小さな人影が麦わら帽を被って屈《かが》んでいた。

「レッド兄ちゃん！」

人影の正体……ハーフエルフの少年タンタは俺に気が付きパッと表情を輝かせた。

「タンタ、こんな暑い日に墓場に1人でいるなんてどうしたんだ」

「お墓のお手入れだよ」

タンタの手には鎌が握られ、左側に置かれた籠《かご》には刈り取られた雑草が入っている。

「暑いのに偉いな」

「えへへ」

タンタは照れた様子で笑った。

「この墓は……」

「うん、叔母さんのお墓」

叔母さんとはゴンズの奥さんだった人のことだ。

「俺が生まれる前に病気で死んじゃったからどんな人なのかは知らないんだけど……」

「ゴンズもあまり話したがらないからな」

「叔母さんの思い出を話すとゴンズおじちゃん落ち込んじゃうんだ」

ゴンズはゾルタン一の大工の棟梁《とうりょう》。結婚の話なんて、望めばいくらでもあるだろう。

だが独り身でいるのは、亡くした奥さんを生涯愛し続けているからだ。

タンタが白眼病で倒れた時、ゴンズが実の親であるナオ達より取り乱していたのは、大切な人がまた病気でいなくなってしまうことを恐れたのだ。

タンタを救うことができて本当に良かった。

「それでゴンズは一緒じゃないのか？」

「うん、特別な日には来るけど普段はあまり来ないよ」

「……そっか」

「だから俺がこうして手入れをしているんだ。神父さんはお墓は生きている人が祈るための場所だから、祈ることさえできれば草とか生えていてもいいとは言ってたんだけど……うーん、なんて言えばいいのかな」

「思い出の場所は綺麗《きれい》であってほしいよな」

「そう！　それが言いたかったんだ！」

タンタは何度も頷《うなず》いた。

死んだ者は転生して来世の命を生きる。

だから墓には誰もいない、それが聖方教会の教えだ。

「ゴンズおじちゃんはお墓に来ると悲しくなるからあんまり来られないけれど、もしお墓に来た時に荒れてたらもっと悲しくなると思うんだ」

「そうだな」

「だから俺が綺麗にしようって思ったんだ。会ったことはないけれど、ゴンズおじちゃんが好きな人なんだから、きっと俺も好きになる人だもん」

タンタはそう言って白い歯を見せて笑う。

自分の考えをちゃんと伝えられて嬉しいのだろう。

子供らしい笑顔だ……その心の在り方も子供らしく真っ直《す》ぐだ。

「俺も手伝っていいかい？」

「手伝ってくれるの!?」

「ああ、ゴンズとタンタが好きになる人なら、俺にとっても好きになる人だからな」

「えへへ、ありがとうレッド兄ちゃん！」

俺は腰に佩《は》いていた銅の剣を抜いて、タンタとは反対側の雑草を刈っていった。

「レッド兄ちゃんのお店はいいの？」

「ああ、今日はリットに見てもらっているからな……ここだけの話、夏はまったく客が来ないんだ」

「あはは、ゾルタンの人ならみんな知っているよ」

作業の間も、俺達は他愛《たわい》もない話をして笑った。

ゴンズに子供はいない。

ゴンズが独身を貫くのなら、これからも子供が生まれることはないだろう。

だからなのかゴンズは甥《おい》っ子のタンタをとても可愛《かわい》がっている。

タンタが大工になりたいと言った時は、それはもう喜んだという。

タンタという存在にはミドとナオという両親の他に、ゴンズから受け継いだものも確かにある。

ならばそれはゴンズと叔母さんという夫婦がいたからタンタはここにいるということになるはずだ。

加護は神から与えられ、血は両親から受け継がれるが、愛を通して受け継がれるものもある。

俺はタンタの叔母さんには会ったことはなく、その魂もデミス神によって来世へと送られてもうどこにもいない。

だが彼女はタンタの一部としてここにいる……タンタと話しながら俺はそんなことを考えていた。

＊　＊　＊

「俺もレッド兄ちゃんの墓参りを手伝うよ！」

タンタの叔母さんのお墓を綺麗にした後、俺とタンタは墓地の近くの井戸で水を飲みながら休憩していた。

夏の暑さで干からびそうになった身体《からだ》に、冷たい井戸水がしみわたるようだ。

「レッド兄ちゃんも墓参りに来たんでしょ？」

「嬉しいけどいいのか？　友達と遊ぶ予定とかあったりしないのか？」

「うーん、夏の間はみんな家の中でしか遊ばなくってさ……俺は外で遊ぶ方が好きだから1人でいることが多くって」

「外はこんなに暑いのに平気なのか」

「うん、俺は昔から暑いのも寒いのもそんなに辛くないんだ！　すごいでしょ！」

「すごいな、だけどあまり無理しちゃだめだぞ。この暑さは子供には危険だ」

「分かってるよ、でもレッド兄ちゃんより俺の方がゾルタンのことはよく知っているんだから！」

「それもそうだな」

タンタはゾルタン生まれのハーフエルフ。

夏の危険は俺より熟知している。

「タンタは加護の調子はどうだ？　そろそろ触れることもある時期だが」

「よく分かんないけど、眠る前とかに何だかフワフワしたモノが心の中にあるような感じがあるんだ」

「加護を自覚する兆候かもな」

「……うん」

「大丈夫……なんて軽い励ましは言えないけれど、俺はタンタが自分の望む道を進めるよう手助けしたいと思っているよ。タンタは大切な友達だ」

「ありがとうレッド兄ちゃん……やっぱり不安なんだ。俺大工になりたいけど、悪い加護だったらどうしようって」

タンタはまだ加護に触れてはいない。

しかしこの暑さに対する強さは……まだ眠っている加護の影響……。

「いや、それはない……はずだ」

どんな強力な加護でも、加護に触れることではじめてその恩恵と衝動を得ることができる。

タンタに『枢機卿《カーディナル》』という強大な加護が眠っていたとしても、この暑さに対する強さはタンタ自身の能力のはず。

〝タンタ君に与えられた役割は私と同じ『枢機卿《カーディナル》』だ〟

俺はヴァンの仲間であるリュブ枢機卿が伝えた言葉を思い出す。

枢機卿は聖方教会でも特別な役職だ。

教会の最高幹部であり、意思決定機関であり、また教会のトップである教父を選ぶのも枢機卿達だ。

その特別さゆえに『枢機卿《カーディナル》』の加護持ちしか役職に就くことはできない。

だから『枢機卿《カーディナル》』の加護持ちは、みな教会へと送られ枢機卿を目指す人生を望まれるのだ。

もちろん、それだけの見返りはある。枢機卿の持つ権力は強力で、上手《うま》く使えば富も名声も思うがままだろう。

偉大な人間として偉大な人生を送る……枢機卿になればそれができる。

だが、タンタの夢は大工になることだ。

偉大な枢機卿ではなくゴンズのような偉大な大工になりたいのだ。

「レッド兄ちゃん？」

「ん、ああ、少しぼーっとしてた」

「大丈夫？　俺よりレッド兄ちゃんの方がずっと暑さに弱いんじゃない？」

「あはは、大丈夫だ」

俺は笑って立ち上がった。

「そろそろ行くか」

「うん！」

俺はタンタの手を握る。

少年らしく柔らかいが、指の節が少し硬い。

最近は大工道具を使う練習をしているというのでそれが原因だろうな。

俺とタンタはアレスの墓へ向かった。

夏の草は成長が速い。アレスの墓の周りは膝下ほどの雑草に覆われていた。

「月に1回は来てるんだけどなぁ」

「他のお墓に比べたらマシだよ」

俺とタンタで手分けして雑草を刈り取り始めた。

タンタの言う通り、他の墓は墓石まで草に覆われているものも多い。

ゾルタン人の性格というのもあるが、墓が思い出の場所だというのなら、時間とともに忘れられてしまうのも思い出だ。

誰からも忘れられ朽ちた墓は、墓地を管理する教会の判断で取り壊される。

そうした墓は、墓地の奥にある石板に小さな文字で刻まれた名前だけが残る。

それはもう思い出ではなくただの記録だ。

「なぁタンタ」

「何？」

「俺が死んだ後も、年に1回、いや3年に1回でいいからこいつの墓参りもしてくれないか？」

「え？　レッド兄ちゃん病気か何かなの⁉」

タンタが泣きそうな顔で言った。

「い、いや違う！　寿命の話だ！」

俺は慌てて否定する。

タンタはキョトンとしたあと、クスクスと笑い出した。

「レッド兄ちゃんはまだそんなにおじさんになってないじゃん！　変なこと言うんだから
びっくりしちゃったよ」

「あ、あぁ……そうだな、暑さのせいかここ最近どうも感傷的になっているな」

「かんしょーてき？」

「ちょっとしたことでも感情が動いちゃうことかな。涙もろくなるが近いか」

「あー分かった！　レッド兄ちゃんお酒飲んできたでしょ！」

「いや……」

「うーん、ゴンズおじちゃんは飲んだらよく泣くから絶対そうだと思ったのに」

なるほど。

俺が声に出して笑うと、タンタも一緒になって笑った。

「ねぇ、このお墓のアレスってレッド兄ちゃんの友達？」

「ん……いや友達ではないか」

「ええっ違うの⁉　じゃあ弟とか！」

思わずふきだした。

アレスが弟か……大変だなそれは。

「いや、肉親でもないよ」

「じゃあなんでお墓参りしているの？」

なぜ。

言葉にするのは難しい感情だな。

「思い出だからかな」

「ふーん……」

それから少しの間、黙々と作業を続けた。

また他愛のない話が始まり、ミドが加護レベルを上げるために昔使っていた剣を引っ張り出したら錆《さ》びていて、ナオに怒られたという話を聞いたところで作業は全て終わった。

俺は買ってきた花を供えて立ち上がった。

「帰るか」

「うん！」

その時、タンタがバッと勢いよく背後を振り返った。

「どうした？」

「誰かが見ていたような気がしたんだけど……」

「誰か？」

「うん、背が高くて白い服を着た……なんか全体的に白い女の人がこっちを見ていて……」

俺はタンタの視線の先に意識を向ける。

誰の気配もない。

少し平和ボケしているとはいえ、俺に気配を感じさせずにこの距離まで近づける者はゾルタンにはいないはずだ。

もちろんルーティとティセは別だが。

「誰もいないと思うぞ」

「うーん、気のせいかな……なんかちょっと怖いや」

タンタは表情を曇らせた。

ここが墓地なのもあって、タンタは怖がっているようだ。

「大丈夫、俺と一緒ならどんな相手でもへっちゃらだ」

「本当？」

「本当だ、ドラゴンがやってきても追い払ってやる」

「あはは、いくらレッド兄ちゃんでもそれはムボーだよ」

「そんなことないさ、タンタのためならそれくらい朝飯前だ」

「へへ、ありがと……俺もレッド兄ちゃんが困っている時は助けてやるからさ」

「ああ、頼りにしているよ」

タンタは照れてくすぐったそうに笑った。

「そうだ、最近は俺もようやく落ち着いてきたし、タンタは暑さに強いみたいだし……近いうちに海へ遊びに行くか」

「海に！」

「テントも持っていって泊まりで遊ぶとかどうだ？　船も借りて沖で船釣りも楽しいぞ」

「テントで眠るの⁉　船で釣りするの⁉　うわーうわー！」

タンタは興奮した様子でソワソワしている。

「嘘《うそ》じゃないよね！　約束だよ！」

「ミドやナオが許可してくれればだけどな」

「それなら大丈夫だよ、レッド兄ちゃんが一緒って言えば絶対ＯＫしてくれるから！」

特に深い考えがあったわけではない。

墓地で何かを見たと怯《おび》えていたタンタに楽しい提案をしたかっただけだ。

それに加護を自覚する兆候があったので、その時に俺がそばにいればすぐに相談できるだろうという淡い願いもあった。

「本当に約束だからね！」

ただの思いつきだったがタンタがこれだけ喜んでくれる姿を見れば、俺も提案して良かったと嬉しくなる。

帰ったらリットやルーティ達も誘ってみるか。

＊　＊　＊

夕方。レッド＆リット薬草店。

「だったら島への旅行にしようよ！」

俺の提案を聞いたリットは身を乗り出してそう言った。

テーブルの上には昨日の料理で余った卵白を使って作ったメレンゲクッキーとレモンを浮かべた水差しが置いてある。

「島？」

俺は驚いて聞き返した。

その言葉は予想していなかった。

「そう島！　ゾルタンの南に泳ぐのにちょうどいい島があるの。食材もよく採れるみたいで、夏休みにはちょうどいいんじゃない？」

「嵐は大丈夫か？」

「うん、海岸は危ないけど奥にある集落は嵐に耐えられるような場所にあるんだって」

「それなら大丈夫か。島なら海水浴も釣りもキャンプも楽しめるな」

想像すると楽しくなってきた。

これはバーベキューの道具も持っていかないと。

「ナオやゴンズ達も誘ってさ、こっちもルーティやティセ、ヤランドララと一緒にみんなで行こうよ」

「どうせゴンズも仕事してないしな」

どうせサボるなら派手にサボろう。

俺が乗り気になったのを見て、リットは嬉しそうな顔で笑っていた。

今年の夏は楽しくなりそうだ！

第二章　バカンス、夏のビーチ

ゾルタンから南へ船で1時間弱。

島へ雑貨を売りに行く商人にお金を払って乗せてもらった。

小さな船で1本マストに三角帆が張られている。

風さえあれば逆風でも進むことができ、船員が2人いれば動かせるという船だ。

アヴァロニア王国以東の南海で見られる形の小型船であり、積載量は少ないが小回りが利き向かい風や弱風にも強く、漁業や交易など幅広い用途に使われている。

ゾルタンへ移住してきた船乗りが使っていた船を買い取ったそうで、チークの木で作られた船体はとても年季が入っていた。

豪華客船でのクルージングとはいかなかったが……。

「父ちゃん見て！　イルカが跳ねたよ!!」

「本当かい？　父ちゃん見逃しちゃったよ」

「もう！　ちゃんと見ててよ！」

タンタとミドが船のへりから身を乗り出して楽しそうに騒いでいる。

隣ではナオが騒ぐ2人をたしなめつつ、一緒になって笑っていた。

楽しんでくれているようだ。

船を操る商人を見ると、微笑《ほほえ》ましそうに騒いでいるタンタの家族を見ている。

良い人だな。

「ありがとよレッド、こんな楽しい旅行に誘ってくれて」

「ゴンズ、まだ島にも着いていないじゃないか」

「だけどもうあんなにはしゃいでいるんだぜ？　タンタはゾルタンの外に出るのも初めてだ、一生の思い出になるぜ」

ゴンズははしゃいでいるタンタの横顔を、目を細め嬉《うれ》しそうに眺めていた。

「老鉱竜気象台《ろうこうりゅうきしょうだい》の予報だと嵐はしばらくないみたい、絶好の旅行日和ね！」

リットが言った。

その手にはカットされた梨の並んだお皿。

リットの後ろではルーティとティセとうげうげさんが美味しそうに梨を食べている。

ヤランドララは商人を手伝って船を動かしていた。

船尾にある舵《かじ》は商人の部下が操作している。

「みんな来てくれて良かったね」

「ああ、さすがゾルタンだな」

「おうよ、家族旅行と言われて仕事に残るようなヤツはゾルタン人じゃねぇからな！」

ゴンズは胸を張って答えた。

とても自慢げだ。

「あ、タンタ！　イルカだよ！」

ミドが叫んだ。

普段は落ち着いているミドがあそこまではしゃいでいると誘った俺も嬉しくなる。

「家族旅行ってのは初めてなんだ」

「そうなのか」

「外にはモンスターもいるからな。自分だけなら良いがタンタも一緒となるとやっぱり怖くてよ……リットさんが一緒に来てくれるのなら安心だけどな」

「任せてよ、ドラゴンでも巨人でもなんでもやっつけてあげるから！」

「あはは、島にはそんな化け物なんていないよ」

船を操る商人が笑って言った。

「ほら、島が見えてきたぞ！」

商人の指差す方向へみんな一斉に視線を向ける。

遠くに小さな影が見えた。

あれこそ目的地、〝悔い島《リグレット》〟。

「なんだかおどろおどろしい名前だな」

「あの島が見つかった当初は変わった海流が島の周りにあったらしくてね」

商人が答えた。

「変わった海流？」

「東の岩礁に吸い込まれるような海流で、多くの漁船が難破したそうなんだ」

「そんな難しい島だったのか！」

「いや、地殻変動でもあったのか、それとも昔話が大げさだったのか、少なくとも今はそんな海流はない。東の岩礁に近づかなければ楽な海さ。島の住民は、リグレット島って名前より島の形から名付けたパスタフォーク島って名前で呼んでるよ」

「パスタフォーク島！」

聞いていたタンタが面白そうに笑う。

「さぁ危険な海流はないけれど島に近づくと波で少し揺れるから、お客さんは座って待っていてくれ！」

船は夏の太陽で輝く島へと近づいていった。

＊　　＊　　＊

「白い砂浜、青い海、風で揺れるヤシの木、波打ち際を歩くカニ……んー、完璧！」

リットが両手を上げて叫んだ。

隣ではルーティとティセとうげうげさんも両手を上げている。

目の前に広がる景色は、確かにテンションが上がる美しいものだ。

「よーし、さっそく泳ぐよ！」

「待て待て、まずは荷物を下ろして。集落にも挨拶に行かないと」

「えー」

リットは頬を膨らませた。

もちろんリットもよそ者がいきなり島にやってきたら集落の住民達から警戒されることは分かっている。

旅人が頻繁に来るような場所でない場合は、まず挨拶に行くのが旅人の常識だ。

リット達は冗談を言っているだけ。

そんな冗談を言いたくなるほど楽しいのだ。

「それより船から荷物を下ろすのを手伝ってくれ」

「はーい」

俺達の荷物を手分けして下ろす。

まぁそう時間のかかる量ではなかった。

＊　＊　＊

集落は島の西の方にある。

俺達が上陸した浜辺の桟橋が北側にあるから、南西に少し歩くことになった。

道は綺麗《きれい》に草が刈られていて歩きやすい。

ゾルタンの道より整備されているな。

「あそこだよ」

前を歩く商人が言った。

島の奥へ少し入った場所に集落はあった。

ヤシの木の林に囲まれた穏やかな場所だ。

ちょうど風が散るような地形で、嵐の時も比較的安全だろう。

住居の数からすると20人くらいが住んでいそうだ。

「旅行客とは珍しいこともあるものですな」

村長は分厚いまぶたを掻《か》きながら言った。

この村の役職は世襲制らしく、彼の家が漁船と一緒に村長の地位を受け継ぐのだそうだ。

「何もないところですが、ゆっくりしていってください。網に悪戯《いたずら》だけはしないようにお願いしますよ」

「もちろんだ」

「食料など多少の融通はできます、今の季節はたっぷり太った南海鮭《サウスサーモン》が西へ向かう頃なので美味《おい》しいですよ」

「いいな、持ってきた食料は明日中には全部食べ切る計算だからその後はサーモン料理にするか」

集落が友好的なのは呑気《のんき》な性格もあるだろうが、俺達が銀貨を提供する珍しい客だからだろう。

商人はこの後ゾルタンに戻り4日後にまた迎えに来る予定だが、その時に俺達が支払った銀貨で島民が欲しい雑貨を購入できると喜んでいた。

こういう状況なら旅行中のトラブルの可能性も少ない。

楽しい旅行になりそうだ。

「……ああ、そういえば」

「何か？」

「いえ……島の南東は危ないのであまり近づかない方がいいですよ、見て楽しいものもありませんし」

「ああ、分かった」

なんだろう、少し気になる言い方だったな。

その後は何事もなく挨拶を終え、商人はゾルタンへと帰っていた。

さぁここからが旅行本番だ！

＊　＊　＊

ついに……。

「「海だー!!」」

俺とタンタは一緒になって叫んだ。

今朝から海はずっと見てきたが、これから見る景色は違う。

俺達の格好は水着。

すなわちこれから泳ぐということだ。

俺達が滞在する場所に選んだのは、桟橋のある砂浜から海岸沿いに東へ進んだところにあった浜辺だ。

ここなら集落の漁師達の仕事の邪魔にもならず、思う存分遊べるだろう。

「島で泳ぐなんて初めてだよ」

「おーい、お前ら泳ぐ前に身体動かしとけよ」

ミドとゴンズも水着だ。

ミドは今日のために新しい水着を買ったようだ。

もしかするとタンタ以上に楽しみだったのではないだろうか。

「ウォーミングアップは大切です」

「わっ!?」

タンタの背後からいきなり声がした。

タンタは驚いて飛び上がってしまった。

「ティセ、うげうげさん」

ティセはワンピースタイプの水着を着ていた。

うげうげさんも小さなスイムキャップのようなものを頭に乗っけているのだが、多分意味はない。

「そもそもうげうげさんは泳げるのか？」

俺の問いかけにうげうげさんはグッと胸を張った。

泳ぎには自信があるらしい。

蜘蛛《くも》は水も得意なのか？

「え、風があれば空も飛べるって？」

風が強い場所なら糸を帆のように編んで空を飛ぶこともできるらしい。

デミス神と戦った俺でも空は飛べないのに……うらやましい。

「ティセ、着替えるの速いよ」

「いつもティセはいつの間にか着替えている、着替えのプロ」

遅れてリット、ルーティ、ヤランドララ、ナオがやってきた。

リットは以前着ていた赤と白のストライプのホルターネック。

ルーティは髪のリボンと同じ色のビキニ。その上から薄手のシャツ。

ヤランドララは胸の中央をリボンで結ぶ緩やかな水着を着ていた。

「浮き具《ブイ》は持ってきたから、安心して力尽きるまで泳いできな！」

「いやいやナオさんそれはちょっと……」

そう言って豪快に笑っているナオさんは、白い水着の上にシャツを着ていた。

「ナオさんは泳がないのか？」

「あはは……実は船酔いが残っていて、もうしばらくは浜辺で休ませてもらうよ」

「母ちゃん船酔いしてたの？」

「仕方ないだろう、船に乗るなんて生まれて初めてだったんだから」

ナオはそう言って少し恥ずかしそうな表情になった。

はしゃいでいたタンタとミドに比べて大人しいとは思っていたが、船酔いしていたのか。

船酔いにも激しく酔って嘔吐《おうと》する人もいれば、症状は軽いが気持ち悪さが長時間続く人もいる。

ナオは後者だったようだ。

「大丈夫かい？　辛いなら僕が一緒にいるけれど」

ミドが心配そうに言った。

ナオはひらひらと手を振る。

「いらないよ、ちょっと気持ちが悪いだけなんだから。それよりタンタと一緒に遊んであげなって」

「でも……」

「あー、いいからさっさと泳いでこい！」

ミドはまだ躊躇《ちゅうちょ》していたようだが、頷《うなず》くとタンタを肩車した。

「よーし、いくぞタンタ！」

「うん！」

２人は砂浜を走っていく。

そのまま海の中へと飛び込んでいった。

「ほら、あんた達も行った行った」

「分かったよ、でも言ってくれれば酔い止め渡したのに」

「私だって自分が船酔いするって知らなかったんだよ……これも良い思い出になるさ」

生まれて初めての船旅、生まれて初めての船酔い。

ヤシの木陰に座ったナオの顔は少し調子が悪そうではあったが、楽しそうな表情をしていた。

* * *

白い砂浜に波が打ち寄せ波打ち際を濡れ色に染めた。

青い空を映す水平線に白い雲が浮かんでいる。

「気持ちいいー！」

水しぶきを上げ、海に潜っていたリットが顔を出した。

大きく揺れる胸に視線を吸い寄せられそうになるが、今はみんなもいるので自重した。

「レッドも泳ごうよ！　最高だよ！」

「ああ、もう少ししたら行くよ！」

俺は膝上くらいの深さの位置でみんなが遊んでいる景色を眺めていた。

ヤランドララがキレイなフォームで泳いでいる。

しなやかに鍛えられたヤランドララの身体《からだ》は美しい。

ティセは海から顔だけ出し、波と一緒にプカプカ揺れていた。

うげうげさんは……脚につけた糸で浮かんでいるようで、波に乗って海を楽しんでいるな。

ハイスペックな蜘蛛だ。

「お兄ちゃん」

「ルーティ」

水着姿のルーティが波打ち際に立っていた。

後ろで手を組み、俺が向き直ると少し頬を赤くしはにかむように笑った。

「水着……」

「今日のために買った水着なんだろう？」

「うん」

ルーティは頷《うなず》いた。

「本当はオーダーメイドで作りたかったけど時間がなかった」

「とても可愛い、よく似合っているよ」

「そう……良かった」

実際、ルーティの水着姿はよく似合っていて可愛い。

上に着たシャツは濡れて透け赤いトップスが際立っている。最初はシャツを着たまま泳ぐのかと驚いたがこのためのデザインだったのか。シャツから透けるボディラインは健康的で美しい。

ボトムは横で紐《ひも》を結ぶタイプのローライズ気味の水着で、これまた可愛らしい。

もともとルーティは可愛いから何を着せても似合うと思うが、今日着ている水着は特に可愛い。

ゾルタンは気温の高い地方にある川沿いの町ということで水着は需要があり作っている店も多いのだが、ルーティの着ている水着の可愛さは特筆すべきものだろう。

一体どの店で買ったものなのだろうか？

後でお礼に行くべきではないか？

「お兄ちゃん？」

「うん、とてもよく似合っている」

大事なことなのでもう1回言っておこう。

何事も分かりやすく伝えることが大切だ。

「ふふ」

ルーティは嬉《うれ》しそうに微笑んだ。

照れているようだ。

だがルーティは表情を真剣なものに変えた。

「どうした？」

「お兄ちゃん、お願いがあるの」

「ルーティのお願いなら何でも叶《かな》えるよ」

ルーティは一度息を吸い込み、ゆっくりと吐き出した。

それから俺の目を見て口を開き、言葉を発する。

「これから私の『勇者』を『シン』の力で完全に眠らせる」

『勇者』の加護を眠らせるか、一体何をするつもりなのだろう。

「それから波打ち際でお兄ちゃんと遊びたい」

「え？」

ルーティの表情は真剣だ。

だがその提案はとても平和なものだった。

「ダメ？」

「いや、ダメじゃない」

ルーティは少し遠慮がちに俺に水をかけた。

「やったな！」

俺はあえて大げさに言ってルーティに水をかけ返す。

ルーティは海水を正面からかぶり、目をパチパチさせた。

「目にしみるね」

「海水だからな。『勇者』の力を使わないなら、ちゃんと顔をそむけたり目をつぶったりしないと」

「なるほど」

ルーティは手を海水につけると、最初より勢いよく水を飛ばした。

俺はすばやく顔をそむけて水を浴びる。

水を掛け合い、追いかけっこをし、2人で一緒に海水へと倒れ込む。

『勇者』の力を封じたルーティなら全力で遊んでも相手を傷つけない。

ルーティは次第に遊ぶことに本気になっていった。

そして。

「あはは……！」

ルーティがはっきりと声を出した。

目を細め、頬を緩ませ、白い歯を見せて、ここにいる誰にでもはっきり聞こえるような声で。

「あははは！　楽しいねお兄ちゃん!!」

ルーティは楽しそうに笑っていた。

ここに『勇者』はもういない。

誰が見ても、そこには夏を楽しむ少女がいるだけだ。

＊　＊　＊

夕暮れ。

俺達とタンタ達家族用の2つのテントを設置し、俺達は次の目的を果たすため作業していた。

「できたよレッド兄ちゃん！」

「よし、上手《うま》いぞタンタ」

タンタが自慢げに見せたのはバーベキューセットの中で赤く燃える炭火。

火打ち石で火をつけるにはコツがいるのだが、タンタはさほど時間もかけず器用に火をつけていた。

「ほらご褒美だ」

俺は薄く切ったバゲットの上にトマトとチーズを載せた前菜が並んだ皿をタンタに渡す。

「いつの間に作ったの⁉」

「バーベキューの材料の下ごしらえをしているついでにな！　皆にも配ってきてくれ」

「なーんだ、俺だけのご褒美じゃないんだ」

そう言いながらもタンタはニカッと笑い、みんなのところへ配りに行った。

「さて焼くか」

持ってきた豚肉は分厚く切って串に刺した。

野菜はオリーブオイルを塗って焼く。

ベーコン、ソーセージの準備も万全だ。

チーズとピクルスも持ってきたから、焼いた肉と一緒にバゲットに載せて食べるのもいいだろう。

「ふむふむ、レッドさんはそういう流儀ですか」

「ティセ、ルーティ、うげうげさん」

俺のやり方をティセとルーティが興味深そうに見ている。

ティセの頭の上にいたうげうげさんは、ピョンと跳び上がると肉につられて来た虫を見事に捕まえていた。

「バーベキューもおでんと同じように地域差の大きい料理です」

「そうだな、俺のやり方は前の仕事で学んだやり方だ」

俺はバハムート騎士団でバーベキューのやり方を教えてもらった……というか叩《たた》き込ま

れた。

　王都の騎士団はどういうわけかバーベキューにやたらこだわっていた。

　年に3回、騎士団全体演習と王《おう》都《と》走竜槍《そうりゅうやり》試合《じあい》、そして建国記念日の日に各騎士団の見習い達がバーベキューを用意するのだが、先輩騎士達はバーベキューに騎士団のメンツがかかっているかのように厳しかった。

　バハムート騎士団では肉は豚、串に刺して焼く、待たせている間に前菜を渡す、そんな決まりがあった。

　見習い時代は無駄に大変な行事だと思っていたが、今思えば仲間と結束し、計画を立て、戦場の理不尽を跳ね返すよい訓練になっていた……ような気もする。

「私の職場だと肉は薄切りですぐに火を通してました」

「へぇ、それも良いな」

　暗殺者ギルドでもバーベキューにこだわりがあるようだ。

　ただ食材を焼くだけ、野外で作るため凝った道具や工程もない簡単な料理なのだが、だからこそ沢山の人々が料理し、地域差が生まれるのかもしれない……面白いな。

「明日はティセがバーベキュー作ってみるか？」

「この島で肉が手に入りますかね？」

「野鳥くらいだろうな、魚なら手に入るだろうけど」

魚や貝でバーベキューをやっている地方はアヴァロニア王国では少ない。

一度食べてみたいとは思うが……島にいる間に試してみるか。

やり方は知らないが焼くだけなんだから不味《まず》くなるはずはないし。

「こうして地域差が生まれるんだろうな」

「うんうん、おでんと一緒です」

ティセはとても納得がいったという様子で何度も頷いている。

「つまりちくわバーベキューの可能性も」

ティセは何かインスピレーションを得た様子でブツブツつぶやいている。

料理スキルを取ったことで、ティセはちくわを使った創作料理を色々作るようになった。

今のところ勝率は6割くらいだ。

「お兄ちゃん」

そんな話をしていたら、ルーティが俺の隣に寄り添うように立った。

「私も手伝いたい」

「んー、火の加減を見るのは1人でやった方がいいからな」

「そう……」

「これも地方によってやり方が違うんだ、自分の分は自分で焼き加減を見るってところもあるな」

そう言いながら、俺は肉をひっくり返す。

肉汁が滴り炭火がジュウと音を立てた。

美味《うま》そうだ。

「島にいる間にもう1回くらいバーベキューやりたいと思っているんだが、次はルーティも作ってみるか？」

「うん、やってみたい」

「それじゃあ俺がやっているのをよく見ててくれ」

俺の隣で真剣な様子でルーティは俺と焼いている肉を見つめていた。

俺は解説を交えながらバーベキューを焼いていく。

ルーティを楽しませることができたのなら、騎士団で苦労して学んだバーベキューの知識も無駄ではなかったな。

＊　　　＊　　　＊

赤い太陽が水平線へ近づき、紫色の空には白い月が浮かんでいる。

「レッド兄ちゃん、これすごく美味《おい》しいよ！」

「タンタはソーセージの方が好きか」

「うん、でも家で食べるソーセージより美味しい！　何か秘密があるの？」

「昨日、普通に市場で買ってきたソーセージだよ。それを焼いて塩とコショウをかけただけだ」

「でも絶対このソーセージの方が美味しいよ？」

「実はここだけの秘密なんだけどな」

「秘密って何⁉」

「料理の味は食べる場所によって変わるんだ」

「ええっ⁉　じゃあ島で料理を食べたら美味しくなるの⁉」

タンタは驚いて大きな声を出した。

俺はシィーと口に指を当てると、タンタは慌てて両手で自分の口をふさぎコクコクと頷《うなず》いた。

味を感じるのは心だ。

料理の味が同じであっても、心に変化があれば感じる味も変わる。

いつも住んでいる町とは海を隔てた、孤島の浜辺でのバーベキュー……この場所は最高の調味料となるだろう。

「レッドの言う通り、こんな素敵な場所で食べるお肉はいつもより美味しくなるわね」

「リット」

リットはたくさんの料理の載った皿を持って幸せそうな表情をしていた。

「このお肉なんて肉っ！　って感じで最高だよ！」

「味付けがシンプルな分、肉の美味さが際立つな」

「俺も食べたい！」

リットが美味しそうに食べるものだから、タンタも欲しくなったようだ。

俺は笑って、タンタの分の肉を皿に載せる。

「はいどうぞ」

「やったー！　ありがとうレッド兄ちゃん！」

「みんなのために作ったバーベキューだからな、おかわりが欲しかったら遠慮なく言うんだぞ」

「うん!!」

タンタは嬉《うれ》しそうに耳をピクピクさせながら、船酔いも治って元気になったナオのところへ走っていった。

「タンタは良い子だね」

「ああ、やんちゃなところはあるけど、こういう時に必ずお礼を言うんだよな」

もちろんタンタは大人の言うことを何でも聞いて、悪戯《いたずら》もせず褒められるばかり、なんて子供ではない。

悪いことをして怒られることもあるし、拗《す》ねることも泣くこともある。

そういうところも含めて、俺はタンタは良い子だと断言できる。

「タンタと知り合って1年半くらいか、最初に出会った頃より大きくなったな」

「子供の成長は早いね」

タンタは背伸びをしてナオの耳元に顔を寄せると、ヒソヒソと話をしている。

多分、俺が言った食べる場所によって料理の味が変わるという秘密を披露しているのだろう。

「ふふ」

そんなタンタの家族を見てリットが微笑《ほほえ》ましそうに笑った。

「ねぇレッド」

「ん？」

「子供の名前何にしようか？」

「えっ⁉」

「婚約したんだから次は結婚、そしてその次は子供でしょ？」

「あ、う、そうだな」

思わず、タンタ達の家族に自分とリットの姿を重ねてしまう。

俺達の子供も、あんな良い子に育ってくれるのだろうか？

「良い子じゃなかったらどうする？」

「もちろん愛するさ」

子供は親の思う通りに育つわけではない。

もしかすると俺のことを嫌うことだってあるかもしれない。

「それでも俺とリットの子供なんだから愛するよ、当然だ」

俺の答えを聞いてリットはそっと俺の隣に寄り添った。

「未来が楽しみね」

次は結婚、その次は子供……リットの言葉を頭の中で繰り返す。

旅をしていた時には想像もしていなかった幸せな未来。

「ああ、本当に楽しみだ」

寄り添うリットの体温を感じながら、俺はそう言ったのだった。

「……!!」

その時、背後に気配を感じ俺とリットは振り返った。

背後にはヤシの木と低木の林が広がっている。

「誰だ？」

俺は林の中に向けて言葉を発した。

夕暮れの木陰の暗がりから、背の高い影がゆったりとした動きで現れた。

「ごめんなさいね、楽しそうな声と美味しそうな匂いがしたものだからつい見に来てしまったの」

現れたのは白い服を着た女性だった。

女性にしては非常に背が高い。身長は180センチを少し超えていた。

だが目につくのは身長ではない。

「目が悪いのか？」

女性は両目を革のベルトで覆っていた。

あれでは何も見えないだろう。

「ずいぶん昔に病で」

女性は薄笑いを浮かべたまま言葉を続ける。

「大丈夫ですよ、おかげで私の耳と鼻はとても鋭敏になりました。こうしてあなた達と出会えるほどです、そして……」

女性は細長い腕を俺に向けて突き出した。

「この手で触れた相手を、私は目で見るよりずっと深く知ることができます」

女性がゆっくり歩いてくる。

両手のひらを俺の顔に向け、一歩一歩と近づいてくる。

「レッド……！」

リットが警戒して身構えた。

「あんた、教会の人間か」

女性の動きが止まった。

「どうして？」

「色々理由はあるが俺は薬屋だ、病で失明したのかどうかくらいはよく見れば分かる」

「……なるほど」

「自分で目を潰したな？　そんなことをするのは聖方教会の苦行僧くらいだろう」

まぁそれだけで断定することはできない。

彼女が教会の人間だと断言した理由は、前の理由に加えて彼女が聖職者系の上級加護だからだ。

具体的に彼女がどの聖職者系の加護なのかまでは、今のところ分からない。

苦行のために変則的なスキルの取り方をしているのだろう。

戦闘用に効率よくスキルを取っていない人間の加護を、動作から特定するのは難しい。

「これは失礼を、まだ修行中の身ですので苦行中の聖職者などと言われるのを避けたいのです。高徳の僧侶などと思われては傲慢の罪に囚われます」

苦行僧は俺に向けていた手をゆっくり下げる。

「私は苦行僧エレマイト、今日の日をデミス神に感謝いたしましょう」

エレマイトは下げた右手を俺に差し出す。

「握手なら構わないでしょう？」

エレマイトは口をうっすら開けて笑顔を作った。

俺はエレマイトの手を見る。

白く細い手だ。

どうする？

普段なら握手くらいいくらでも応じるが、先程の発言が気になる。

手で触れると何か発動するスキルがあるのか？

いや、俺が握手を警戒するかどうかで、俺がただの薬屋ではなく危険な相手と戦ってきた者であるか判別しようとしているのか？

「どうもー」

リットが横からすっと手を出しエレマイトの右手を握った。

「私はリット、ゾルタンでは結構有名な冒険者なんだけど知ってるわよね？」

「リットさん……ですか？」

「ええ、ゾルタン教会のシエン司教とも知り合いなのよ。でもこの島に苦行僧がいるなんて知らなかったわ」

「私の修行は孤独の行と呼ばれるもので、五感の1つを潰し、人の手のない自然の中で1

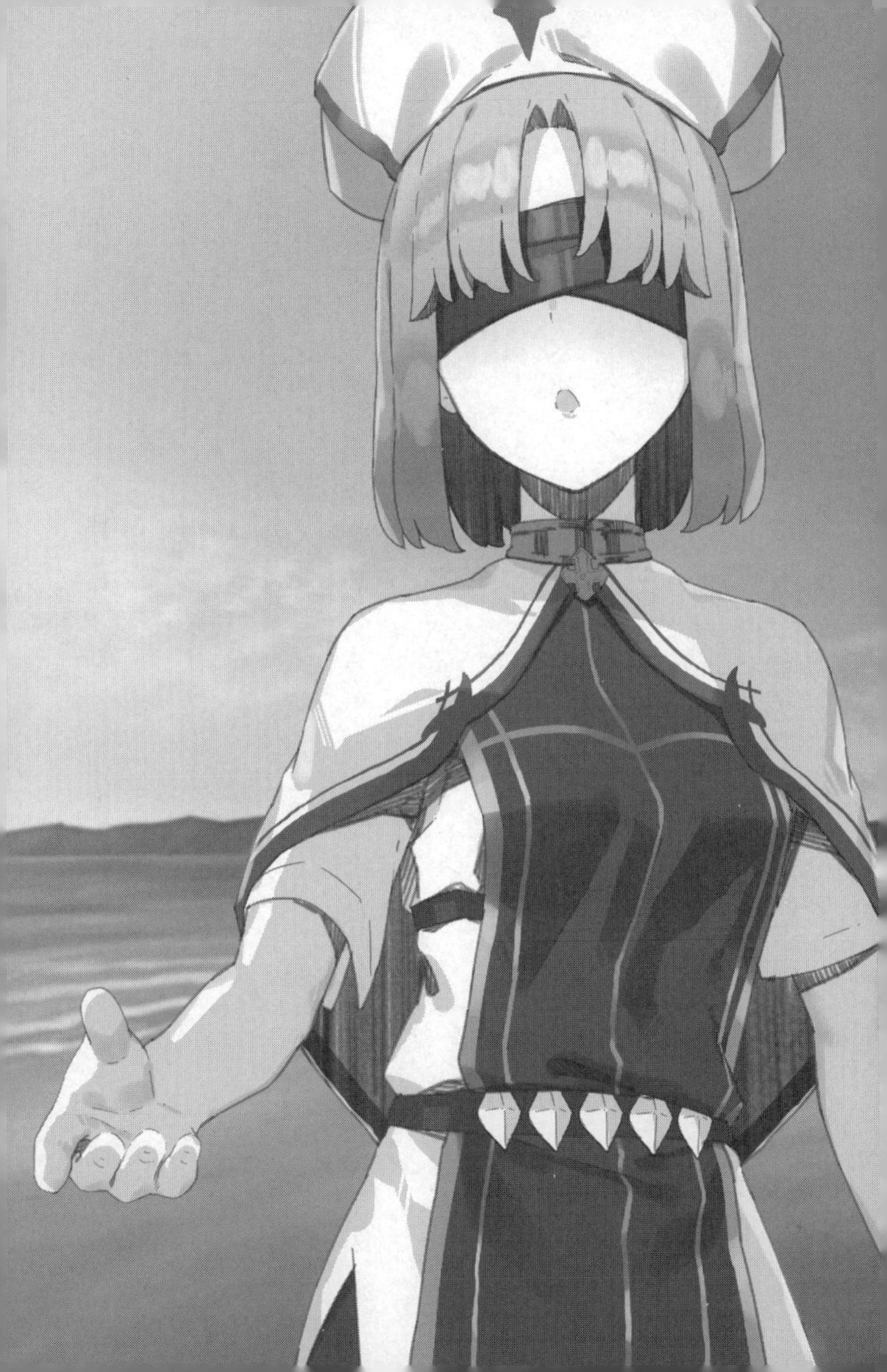

人生活するというものです。教会に援助を求めては修行になりませんから」

リットは自然に会話を続ける。

その間に俺は数歩下がって距離をおいた。

「レッド兄ちゃん、その人だれ？」

「何だ、えらく綺麗《きれい》な姉ちゃんだな」

タンタとゴンズがやってきた。

エレマイトは小さなタンタに笑いかけるが、目がベルトで覆われている顔を見てタンタは少し怯《おび》えていた。

「私はエレマイト、この島で修行している僧侶です」

「こ、こんにちは、俺はタンタです」

「俺は大工のゴンズってんだ」

ゴンズは呑気《のんき》な顔で笑っている。

おかげで俺は自然と会話から外れることができた。

ゴンズとリットが中心となってエレマイトに話を聞いている。

教会の苦行僧は聖地と呼ばれるような場所なら見かけるが、ゾルタンの町にはいなかったはずだ。

ゴンズとタンタは初めて見る苦行僧に興味がある様子だった。

「苦行僧ってどんなことするの？」

タンタが質問した。

「そうですね、私の場合はこの島の森の中で1人で生きるという修行をしています」

「寂しくないの？」

「最初は寂しいかも知れませんね、この世界には自分しかいないという孤独を感じるでしょう。ですがその孤独によって神の愛が共にあることに気がつけるのです。そのための修行なのですよ」

「よく分かんない」

「私達は生まれた時から神の愛で満たされていることに気づくのです」

エレマイトは言葉を続ける。

少し興奮している様子だ……強固な信仰心がうかがえる。

「私達は最初からすべてを手に入れている。現世で得たものはすべて虚《うつ》ろなのです、それに気がつければこの世界の真の美しさを視《み》ることができます。さあ私の目を見て、失ってこそ足りていることを知る、この目こそ真理の一端なのです」

エレマイトの指が目を覆うベルトに触れる。タンタの顔が恐怖でこわばった。

やりすぎだ。

「離れて、怒るわよ」

「うちの子をあんまり脅かさないでくれ」

俺が動くより先にリットとゴンズが割って入った。

エレマイトはベルトに触れた指を止め、そっと離した。

「これは失礼を、孤独に慣れてしまっていたようです……やはり私に説法は早かった」

エレマイトは一歩引いた。

「私達は見ての通りだけど、孤独の修行をしているあなたがバーベキューに交じって良いものなの？」

リットの言葉にエレマイトは微笑した。

「ええ、島民とは違う気配がしたから様子を見に来たつもりが心を乱してしまったようですね、ずいぶんと長居をしてしまいました」

エレマイトはそう言って頭を下げた。

「お騒がせして申し訳ありませんでした、皆様に神のご加護があらんことを」

「あなたはどこらへんに住んでいるんだ？　修行の邪魔をしたくない、住んでいるところには近づかないようにするよ」

「お気遣いありがとうございます。島の南東の森、暗がり森と呼んでいる森です」

また不吉そうな地名だな……。

まぁ地形から推測するに、南東は植物が育ちやすい環境で深い森が生い茂っているのだろう。

木々によって陽《ひ》の光が遮られ森の中は昼でも暗く、子供が入り込まないよう不吉で分かりやすい名前をつけた……そんなところか。

「それでは皆様、失礼します」

「ああ、あなたの修行が上手《うま》くいくよう願っているよ」

エレマイトは林の中へと戻っていく。

茂みをかき分けているはずなのに、物音1つ立てていなかった。

「苦行僧ってのは変人だな」

「ゴンズおじちゃん、聞こえるよ」

ゴンズは肩をすくめる。

俺は苦笑した。

「俺も同じ気持ちだな」

「レッド兄ちゃんまで！」

俺達は笑う。

もう元の空気に戻っていた。

ゴンズとタンタのお皿におかわりを載せ、2人はミド達のところへ戻っていった。

「……なんともないか？」

俺はリットに聞いた。

「うん、魔法や呪いを掛けられた形跡もないし、加護のスキルで私の加護や精神を探査された感じもなかったよ」

リットはしっかりとした口調で答える。

俺の目からもリットに異常はなかったし、エレマイトが何かした形跡もなかった。

「でも念のため、あとでルーティにも調べてもらおう。どんな未知のスキルでもルーティの〝癒《いや》しの手〟なら解呪できる」

「『勇者』の力は万能ね」

「力に見合わないほどの制限があるからな……」

だが今では『シン』によって制限もなくなった。

『勇者』がこれまでルーティの人生を振り回してきた分、これからはルーティのために役立ってもらおう。

＊　　＊　　＊

バーベキューも終わり、ルーティの〝癒しの手〟でも、リットにかけられた呪いなどは何もないと確定できた。

異様な雰囲気に身構えていたが、エレマイトのことは警戒し過ぎだったかもしれない。

遠い辺境の島で修行している苦行僧。

変人だが脅威ではない。

「でも、探査系スキルを使われたのなら、今私が調べても何も分からない」

ルーティの言う通りだ。

リットほどの達人に気が付かれずスキルを使うのは並大抵のことではないが、不可能ではない。

たとえば賢者アレスならリットに気が付かれずに加護を〝鑑定〟することも可能だろう。

まぁ俺とアレスの場合なら長い付き合いだからスキルを発動する癖も分かるが。

「一応、明日集落で話を聞いてみるか」

集落での村長との含みのある会話を思い出す。

当然エレマイトのことは島民も知っていることだろう。

孤独の修行をしている苦行僧のことを当人に無断で俺達に伝えるのもはばかられるし、かといって何も言わないのも……という板挟みから出た言葉だったのだ。

「エレマイトねぇ……」

俺は砂浜に敷物を敷いて寝そべり、星空を見上げていた。

雲1つない満天の星だ。

「偽名だろうな、隠者《エレマイト》だなんて名が現状を表しすぎている」

俺が偽名でスローライフと名乗るくらい嘘《うそ》くさい。

「世界には色んな人がいるんだね」

声がした。

「もう寝たんじゃなかったのか？」

タンタだ。

「えへへ、楽しくて中々眠れなくて」

俺は少し身体を横にずらした。

タンタは嬉《うれ》しそうに俺の隣に横になる。

はみ出した肘に砂の触れる感触がした。

「怖かったか？」

「……うん、ちょっとだけ」

「まさか旅行先に教会の苦行僧がいるとはな……まぁ変わっていても苦行僧は結構話しやすい人も多いんだが、エレマイトみたいな人もいるんだよな」

「そうなんだ、俺みんな怖い人なのかと思ったよ……苦行僧って一体何なの？」

「教会の聖典に書かれている修行を実践する一派のことだ。肉体を極限状態に置くことで功徳を積むというのが目的だな」

「くどくって良いことって意味だよね？　何で痛いことや寂しいことしたら良いことになるの？」

弱ったな、正直なところデミス教徒とは言い難《がた》い俺には難しい質問だ。

「聖典に書いてあるからとしか言えないなぁ、教会の中には聖典に書いてあることをそのままやる人も多いんだ」

多いというか主流派だ。

聖典は神の言葉なのだから正しいというのが原則である。

「俺も痛いことした方がいいの？」

タンタが少し不安そうに言った。

俺は首を横に振ってはっきりと否定する。

「いいや、僧侶の苦行はやりたい人がやればいいというものだ。ゾルタン教会の人達だって苦行はしていないだろう？　シエン司教から一度でも苦行しろなんて言われたことあるか？」

「ない！」

「苦行することで得られる功徳があるとするならば、それは自分から苦しい道を選ぶという意志によって得られるもの……だと思う」

「レッド兄ちゃんにしては歯切れの悪い言い方だね」

「教会のことは俺もよく分からないんだ」

「レッド兄ちゃんにも分からないことがあるんだ」

俺は肩をすくめる。

苦行について、俺はどう解釈していいのか分かっていない。

聖典は基本的に加護を中心に書かれ、加護レベルを上げるために戦うことを推奨している。

だが苦行は加護とは関係ない。むしろ身体を傷つけることで戦闘能力を低下させてしまう。

最初聖典を読んだ時は、苦行の章は神ではなく後年に別の誰かが書き加えたものなのではないかと思ったほど、聖典に書かれている加護信仰と苦行は異質なものに見えた。

「まぁ何より俺はタンタに痛い思いをしてほしくない」

「でも大工になるにはちょっとくらい痛い思いもしなくちゃいけないんだ」

「そうなのか？」

「そうだよ！　この間だって、のみで木材を削る練習してたら指を擦りむいちゃったんだ！」

「それは痛そうだ」

「レッド兄ちゃんの薬がなかったら大変なことになっていたよ」

タンタは大げさな身振りでそう言った。

ゴンズが買った薬のことだろう。

ありふれた止血消毒の薬なのだが、それでタンタの痛みを緩和できたのなら薬屋冥利に尽きるってものだ。

「大工になったらもっと薬がいるんだろうな」

「そんなことないよ！　一度やったミスは繰り返さないのが良い大工だってゴンズおじちゃんも言ってたし！」

「なんだそうか、タンタがよく店に来てくれるのかと楽しみにしていたのに」

「えっ、うーん、じゃあ俺も大人になったらゴンズおじちゃんみたいにお酒飲んで二日酔いになって薬を買いに行くね」

「それは止《や》めたほうがいい」

「目が回る～レッドたすけてくれ～」

タンタが二日酔いのゴンズの真似《まね》をした。

俺達は砂浜で笑う。

それから少しの間静かになり、空の星を見た。

「すっごい星空だね！」

タンタが言った。

「ああ、黒い海に映るのもゾルタンの町じゃ見られない景色だな」

視界一杯に広がる星空。

海と空の境が混ざり合っていて、海を進めば空へとたどり着けるような気がした。

「タンタは、こういうゾルタンで見られない光景をもっと見たいと思うかい？」

「見たい！」

「だったら旅でもするか？」

「うーん、そういうことなら別にいいかな。俺、ゾルタンが好きだから」

タンタははっきりとそう言いきった。

その言葉に迷いはない。

タンタの夢はゾルタンにあるのだ。

「うん、それが良いだろう」

俺はタンタの頭をなでた。

くすぐったそうに笑うタンタを見て、俺はタンタの夢が叶《かな》うことを願わずにはいられなかった。

月も高くなり、俺達はそろそろ眠ることにした。

良い1日だった。

明け方、タンタの叫び声で俺達は目を覚ました。

外はまだ暗く日の出の前。
水平線は黎明《れいめい》に染まっていた。
その日、タンタがついに加護に触れたのだった。

第三章 少年の終わり

加護に触れる。

この世界に生きる者すべてにとってもっとも重要な日と言っていいだろう。

治安を守る衛兵に憧れる少年が喧嘩《けんか》屋になり、草原を駆ける略奪者になりたかった少年が暗い牢獄《ろうごく》の拷問吏になる。

もちろん村の平凡な少年が偉大な英雄となることだってある。

良いこともあれば悪いこともある……だが重要なのは、加護が子供の夢を変えてしまうということだ。

「加護の自覚を飛ばしていきなり加護に触れるとは珍しいことだよね」

ミドが言った。

その言葉はどこか上の空だ……目の前の現実に思考が回っていない。

自分の子供にどのような加護が与えられたのかは、親にとって最大の期待と不安だろう。

去年の今頃、俺の薬屋を建設途中だった時にゴンズとミドと一緒に屋台で飲んだことがあった。

その時に2人がタンタの加護についての不安を口にした。

ゴンズと同じ大工に向く『職人』が理想だが、ミドの持っている『闘士《ウォーリアー》』のような平凡な加護であっても大工はできる……だが大工ができなくなるような加護だったらどうすればいいのか。

加護は神からの贈り物。

望まない加護でも断ることはできない。

「父ちゃん、ゴンズおじちゃん……」

タンタは不安そうに自分の胸を押さえている。

「なぁタンタ、本当なのか？」

ゴンズはもう何度目か分からない質問をした。

俺はゴンズの肩に手を置いてたしなめる。

「タンタの加護は『枢機卿《カーディナル》』だ。この世界でもっとも強力で……もっとも不自由な加護の1つだ」

リュブ枢機卿が言った通り、タンタに神が与えた役割は『枢機卿《カーディナル》』だった。

* * *

「さぁ朝食だ」

俺はトマトスープを全員に配った。

「水を加えず、トマトに含まれる水分だけで煮たスープだ、美味《おい》しいぞ」

「食欲わかないよ」

「悩むにしても腹が減ってちゃ頭も働かないぞ、それに食べれば気分転換にもなる」

俺がそう言って一口スープを飲んでみせると、タンタ達も曇った表情のまま食事を始めた。

『枢機卿《カーディナル》』か。

アヴァロン大陸最大の組織である聖方教会。

その最高幹部になれる唯一の加護。

誰かが救いを求めないと役割のない『勇者』と違って、『枢機卿《カーディナル》』は、戦時だろうが平時だろうが世界に影響を及ぼすことができる。

善い行いも悪い行いも、大きな活躍をすれば歴史に名が残る偉大な加護だ。

「ごちそうさま」

タンタが食事を終えた。

これからどうするか話し合わなければな。

……とはいえ、俺の結論は決まっている。

問題はタンタをどう導くかだけだ。

「ねぇレッド兄ちゃん……『枢機卿《カーディナル》』ってどうすればいいの？」

タンタの声は不安で一杯だった。

「どうすればいいの……か」

タンタの身近で加護に触れた友達と言えば『ウェポンマスター』のアルだろう。

アルはショーテル剣士の冒険者として旅立ち、周辺国では名の知れたルーキーとして活躍している。

アルもまた将来は自分の父親のような港区の労働者になることを考えていたようだが、アルの未来は加護によって変わった。

タンタと違ってアルの場合は夢というより、漠然とそういう人生になるのではないかという感情だった。

悪魔の加護事件でやりたいことを見つけたと言える。

「俺もアルみたいに大工より僧侶になりたいって思ったらどうしよう、怖いよ」

「そうなる可能性もある」

「嫌だ！」

タンタは即答した。

悲痛な叫びだった。

俺は言葉をかけようとしたが……。

「タンタ」

「ルーティ……さん？」

俺よりも先にルーティが言葉をかけた。

ルーティはタンタの正面に座り、目線を合わせてから話を続ける。

「加護はタンタじゃない、どんなに強い衝動があっても加護はタンタにはなれない」

「俺になれない？」

「そう、加護はタンタに言うことを聞かせようと押さえつけるかもしれないし、痛くすることもある……それでも加護はタンタにはなれない、タンタの意思を奪うことはできない」

ルーティは真剣な表情でタンタに語りかけていた。

「分かんない……」

だがタンタには上手《うま》く伝わっていないようだ。

ルーティはもどかしそうにしていたが、微妙な表情の変化なのでそれも伝わっていないだろう。

「タンタは大工の夢を諦める必要はないということ。これだけは忘れないで、私達はタンタの味方。悩んでたり苦しかったりしたらいつでも相談してほしい、力になれるから」

「うん、ありがとうルーティさん」

タンタの表情は不安なままだったが、ルーティの言葉を聞いて少しは気が楽になったようだ。

「よし、それじゃあ『枢機卿《カーディナル》』のスキルについて話そう」

「え、でも……」

「もちろん枢機卿になるためじゃない、大工になるのに役に立つスキルを探すんだ。与えられた加護は変えられない、加護はタンタの一部だ。加護の奴隷になるのではなく、加護を否定するのでもなく、加護を自分の一部としてコントロールするんだ。そうすれば加護はタンタのことを助けてくれるようになる」

「アルにも言ってたことだよね」

「よく憶《おぼ》えているな、えらいぞ……アルの時とタンタの境遇は違う、アデミの場合ともだ。大変なことも多いと思うが、ルーティの言った通り1人で悩まず俺達やゴンズ達に相談してくれ」

「うん……！」

アルに話をした時には知らなかったことを、今の俺は知っている。

加護を増やす薬があった。

加護を否定して世界を翻弄した悪女がいた。

加護を自由に操作する技術があることを古代人の遺跡で知った。

そして、『勇者』と『魔王』の加護とは初代勇者の生き方を押し付け、初代勇者の魂を再現するために作られたのだと知った。

＊　＊　＊

「お兄ちゃん」

洗い終わった食器を手にしたまま海を眺めていた俺に、ルーティが声をかけた。

「ああ、少し考えごとをしていた」

俺は食器を置いてルーティへと向き直る。

ルーティも少しだけ背が伸びたな。

「ルーティがタンタに言葉をかけてくれるなんて驚いたよ」

「自分であることを諦めないでと伝えたかったの……」

ルーティはちょっとだけ落ち込んでいるようだ。

「ルーティがタンタの味方でいてくれるなら心強いよ」

「当然味方、私はタンタに夢を叶えてほしい」

ルーティほど加護によって人生を振り回された人間はいない。

『勇者』として生まれたルーティは、勇者として生きる以外の道を選べなかった。

そんな自分と重ねて、『枢機卿《カーディナル》』となったタンタが加護に振り回されて夢を諦めるところを見たくないのだ。

旅をしていた頃は世界に絶望していて、いつも誰かを救っていたのに救った人間にほとんど興味を持っていなかったルーティが、今は加護に悩むタンタのために何ができるのか必死に考えている。

だからきっとタンタも加護に負けず自分の夢と意思を持ち続けられると、俺はそう思っていた。

「ん？」

視界の端にゴンズの姿が見えた。

どこかへ行くつもりなのだろうか？

「……ちょっと様子を見てくるよ」

「私も行く」

俺とルーティはゴンズのあとを追った。

ゴンズは林の中へ入っていく。

テントから少し離れた場所、位置的に浜辺からは見えにくい陰まで来るとゴンズはうつむいたまま立ち止まった。

「ゴンズ」

「……!!」

俺の声にゴンズは慌てて腕で顔を拭いた。

ゴンズの目は赤く充血していた。

「大丈夫か？」

「へ、へへ……情けねぇよな、俺こそがしっかりしないといけないのによ」

「いや、タンタを自分の息子同然に可愛《かわい》がっていたゴンズだからこそ衝撃も大きかったろう」

「覚悟はしていたつもりだったんだがなぁ」

ゴンズは首を振った。

「『職人』の加護が望みだったが、別に平凡な加護だったら何でも良かったんだ。大工の仕事はコモンスキルだけでも、仕事をおぼえればあとは本人のセンスでなんとかなる。タンタの大工としてのセンスは抜群だ、だから大丈夫なはずだったんだ」

「………」

「俺は『枢機卿《カーディナル》』の加護について何も知らないんだけどよ、教会にバレたら連れて行かれるんだろ？」

「ああ、『枢機卿《カーディナル》』の加護持ちだとラストウォール大聖砦《だいせいじょう》に報告が上がれば、ラストウォールの枢機《すうき》卿《きょう》が迎えに来ることになっている」

「畜生、他に加護ならいくらでもあるじゃねぇか、よりにもよってそんな加護を引くなんてよぉ」

「タンタが落ち着いたら加護を隠すやり方を教えないとな」

教会は『枢機卿《カーディナル》』が大工として生きることを簡単には許してくれないだろう。

少なくとも修道院で教育を受けさせ、聖職者見習いとして修行を積ませ、それでも枢機卿には向かないと判断されるまでは自由にさせてはもらえない。

多分30代後半くらいまでは教会で生きることになるだろう。

『勇者』に比べたら解放されるだけまだマシだとは思うが、多くの時間を奪われ大工になるという夢から大きく遠回りしなくてはならない。

「シエン司教なら胸のうちに秘めてくれるかも知れないが、ゾルタン教会の人間全員がそうとは限らない。聖職者からすれば枢機卿を目指すってのは輝かしい人生なのだから」

「輝かしい人生だと……」

「神との対話のために生きる聖職者にとってはな」

バシン！

ゴンズが近くの木を殴った音だ。

食いしばった歯がギリギリと音を立てる。

「ゾルタンから離れたこのパスタフォーク島でタンタが加護に触れたのは幸運だった」

ルーティが言った。

「ここなら私達だけで悩むことができる、誰かにバレる心配は少ない」

「ルーティちゃん……」

「迷っても大丈夫、たくさん話し合おう」

ルーティはゴンズを励ましているのだ。

「そうだな、タンタの加護はもう変えられねぇもんな……これからどうするかが大事だ」

「ああそうだ」

「よし、泣き言は終わりだ！　俺はタンタの叔父で大工の先輩なんだ！　それもゾルタン一の大工だぞ！」

ゴンズは自分の頬を両手で叩《たた》いた。

「この俺が愛弟子《まなでし》1人の夢も守れねぇなんてことがあっちゃ大工の名折れだろ！」

「その意気」

「ありがとよルーティちゃん、レッド、俺はもう大丈夫だ！」

そうは言ったが、これから何度もゴンズとタンタは悩み迷うだろう。

それが加護というものだ。

そして、多分子育ても同じことなのだと、まだ子供のいない身ながら俺はそう感じていた。

＊　＊　＊

タンタ達が落ち着いたのを見て、俺とヤランドララは島の集落へと向かった。

加護のことで忘れそうになっていたが、苦行僧エレマイトについて話を聞くためだ。

「話を聞くだけだし俺1人でも良かったのに」

「あら、私と一緒に歩くのは嫌い？」

「そうは言ってないだろ」

ヤランドララはクスクスと笑った。

「あのエレマイトというヤツが気になるの」

「確かに奇妙なヤツだったけど、その割にはエレマイトが来ている時にヤランドララは近づいて来なかったな。思い立ったらすぐ行動するヤランドララにしては珍しい」

それにタンタが加護に触れた時も、ヤランドララは慰めたり励ましたりはしていたが、他の人に比べて落ち着いている様子だった。

「ヤランドララはああいう場面で一番に感情を出すタイプだと思っていたから意外に思ったよ」

「タンタのことはレッドやルーティがしっかり寄り添ってくれていたから、私は別のことに意識を向けているべきだと、私の勘がささやいたのよ」

「それがエレマイトのことだと？」

「理由は説明できないんだけど、あの人は何か怪しいわ」

「まぁ怪しいのは間違いない」

「もっと深刻な予感なのよ……でもそちらは私が気をつけておくから、あなたはタンタのことを考えてあげてね」

「分かった、今回の旅行、ヤランドララが一緒に来てくれて助かるよ」

ハイエルフであるヤランドララは俺よりもずっと長い間冒険をしてきた冒険者だ。

その経験が、自分でも気が付かないことに気が付き勘として伝えているのだろう。

冒険者にとって、それはもっとも信頼すべき感覚だ。

「でも楽しいだけの旅行にならなくて残念ね、昨日の海水浴とバーベキューはあんなに楽しかったのに」

「もともとタンタが加護に触れる時に近くにいられたらいいなと思って誘った旅行だったが、もう少しタンタに楽しい思い出を作ってあげたかったな」

「思い出はまだ作れるわ。望まない加護に触れるという体験でこの旅行が辛い思い出とならないよう、しっかりと楽しみましょう」

「そうだな」

よし、ついでに村で何か美味《おい》しいものを売ってもらおう。

今日のお昼は海鮮料理にするか。

「サーモンが新鮮そうなら焼かずに味付けしてパスタに載せるか。オリーブオイルも持ってきてたしな」

「良いわね！」

タンタはパスタが好きだし喜ぶだろう。

生サーモンの食感は普段タンタが食べている料理からすると新鮮だろうし、良い思い出になってくれると良いが。

ヤランドララとそんな話をしていると、前方から集落の男達が歩いてきた。

全員、色濃く日焼けしている。

「お、あんたらが島に来たっていう客人か」

先頭を歩く男がそう言って俺達に挨拶をした。

どうやら集落の漁師達のようだ。

昨日集落を訪問した時は、漁に出ていていなかったのだろう。

「俺達の村に用事かい？」

エレマイトのことを聞くのが目的だが、今ここで話題に出すのも不自然か。

「昨日薦められた南海鮭《サウスサーモン》が気になってね、買いに来たんだ」

「そりゃいい、昨日生きの良《い》いのが網にかかっていたからな、ぜひ食って帰ってくれ」

「それは楽しみだ！」

昨日獲れたばかりの海の幸。

きっと美味しいことだろう。

俺はますます料理が楽しみになり、集落へと向かった。

＊　　　＊　　　＊

集落では南海鮭《サウスサーモン》など魚介類を売ってもらった。

値切りなどせず言い値で買ったものだから、村長は機嫌を良くして村で作っているお酒も少し分けてもらえた。

ヤシの木の樹液を発酵させて作ったお酒で、日持ちせずすぐにお酢になってしまうから集落の外には持ち出さないレアものらしい。

一口飲んだが、酸味が先行する味で癖が強く好みは分かれそうだ。

俺とヤランドラはこれもアリだと思える味だった。

「いやぁたまに行商に来るヤツ以外に外の人と話す機会なんて滅多《めった》にないから、楽しいですな」

俺は一口飲んだだけだが、村長はあっという間に器《うつわ》一杯の酒を飲み干してしまった。

エレマイトのことを聞くには良い状況だ。

「そういえば昨晩、島で暮らしている苦行僧が浜辺までやってきたんだが、知っているか？」

「ああ、御僧さんと会ってしまいましたか」

「少し話しただけだよ、トラブルにはなっていないと思う。孤独の修行をしていると言っていたのに、俺達に話しかけてきたのには少し驚いたけれど」

「そのようですな、集落に来たことも数えるほどしかありません。我々も修行の邪魔をしないようにと、誰も立ち入らない場所へ案内したのです」

5年ほど前に小さな小舟に乗ってエレマイトは島へとやってきたそうだ。

中央の教会から修行のため来たと言われては、集落の人間に断れるはずもない。

最初は何かトラブルを起こすのではと警戒していたようだが、森の奥で自給自足の生活を続けるだけで集落に干渉することもなく、集落の人間も普段はエレマイトがいることを気にしていないようだった。

「あんな場所で5年も暮らしているのですから、御僧さんというのは大したものですなぁ」

5年か……ということは。

「まさかエレマイトは魔王軍との戦争のことを知らないのか？」

「そういえば話したことはありませんね……我々も商人からそういう戦争があるということしか知りませんし」

教会の人間が世界の命運を決める魔王軍との戦争を知らないなんてことがありうるのか？

まぁ教会の人間でも情報が伝わらなければどうしようもないか。

それから逆に村長から魔王軍との戦争について話を聞かれた。

サリウス王子の事件の話を聞いて、ゾルタンが間接的にでも魔王軍との戦争に影響を与えていたと知った時はとても驚いていた。

「エレマイトが島で何かしている様子はなかったのね？」

それまでじっと考え込んでいたヤランドララが不意に発言した。

ヤランドララが話の流れを無視した質問をするのは珍しい。

「え、ええそうですね、まぁ我々と御僧さんは関わりがないので何をしているのかなどと聞かれても答えられないのですが」

ヤランドララは村長の顔をじっと見つめた。嘘《うそ》を言っていないか仕草を見ているようだ。

村長にはヤランドララが見つめている理由までは分からないだろうが、居心地悪そうだ。

ヤランドララが美しいハイエルフじゃなければ不機嫌になっていたかもしれない。

ヤランドララがそこまで警戒するほどか……。

その時。

「ああ！　誰か！　誰か！」

外から叫び声が聞こえた。

俺達はすぐに外へ飛び出す。

「村長！　大変だ！」

「どうした！」

「船がひっくり返った!!」

「何だと!?」

船とは漁師達の乗る漁船のことだろう。

「見張りのボレスから合図があったんだ！　すぐに助けに行かないと！」

「待て、一体どうして転覆したんだ！　ボレスは何と言っていた？」

「あ、す、すみません、気が動転してて」

「馬鹿者!!」

滅多に起こることではないのだろう、集落の人々はパニックに陥っている様子だった。

「見張りがいるのはあそこの高台だな」

「あ、あぁ」

村のはずれにある高台に木で組まれた見張り台があるのが見える。

あそこから漁師達の船に異常がないか見ているのだ。

「俺はスキルで人より足が速いんだ、俺が話を聞いてくる」

「え、ええ!?」

驚く村長。

だが納得してもらっている時間が惜しい。

「ヤランドララ」

「任せて、準備しておくわ」

俺は〝雷光の如き脚〟を起動し、見張り台まで一気に駆け抜けた。

「えええぇ!?」

島民の驚く声が後方へと離れていく。

俺は見張り台の下に到着すると、はしごを使わず柱を蹴って跳躍し、見張り台の上へ登った。

「あ、あんた昨日の!?」

「俺のことはいい、漁船はどこだ！」

「あ、あそこだ！」

指さした方向を見れば何が起きたのかはすぐに分かった。

「ブレードシャーク！」

刃のような背びれと胸びれを持つサメ。

真っ二つになって転覆している漁船の周りをブレードシャークが2体、ぐるぐると旋回している。

ブレードシャークはあのひれで獲物を切り裂き捕食する魔獣タイプのモンスターだ。

Cランク冒険者にとっても強敵とされ、特に成長した個体はその強靱《きょうじん》な背びれで船の底を切り裂いてしまう。

体長3メートルほどのモンスターだが、60人乗りの交易船ですら沈没させることもある海の脅威なのだ。

「あれに漁船が切り裂かれたのか」

漁師達は真っ二つになり沈んでいく漁船にしがみつき、ブレードシャークを追い払おうと銛《ハープーン》を手に応戦しているが……。

「まずいな」

ブレードシャークの狩りはすでに最終段階に入っている。

すぐにでも助けに入らないと間に合わない！

「ヤランドララ!!」

俺は大声で叫んだ。

風と共に巨大な綿毛が俺のいる見張り台まで飛んで来た。

「なんだこりゃあ!?」

見張りの島民が驚いて叫ぶ。

「空飛ぶ植物だ！」

俺はそう答えながら巨大綿毛……ダンデドラゴンの種子に掴《つか》まる。

ヤランドララの加護『木の歌い手』は植物を操る力を持つ。

秘境に咲く食獣植物《しょくじゅうしょくぶつ》ダンデドラゴンも、世界中を旅してきたヤランドララの扱える植物の一種だ。

その種子はこうして人が掴んでいても空を滑空する力を持つ。

「ヤランドララは船を使って救助に来てくれ！」

「分かった！」

俺の叫びにヤランドララも叫んで答える。

ヤランドララが浜辺へと走っていくのが見えた。

あちらは大丈夫だろう。俺は綿毛を傾け着地点を計算しながら海へと滑空した。

「よし、ここだ！」

俺は海へと飛び降りながら銅の剣を抜いた。

水柱を立たせ、突然降ってきた餌にブレードシャークは歓喜しながら胸びれで俺を切り裂こうと動いた。

水中戦。

Dランク冒険者にとって最大の悩みと言われ、Cランク冒険者でも対応できないパーティーは多い。

人間の身体は水中で戦うようには作られていない。

呼吸はできず、身動きも取りづらい。

武技や魔法の発動も、水中で発動する訓練を受けていなければ使えなくなるものもある。

水中で自由に動くための魔法やマジックアイテムに頼るのが一番だが、今回のような突発的な状況にも対応できて初めて一人前の冒険者と呼べるようになる。

「来い……！」

俺は剣の中ほどを手で摑み構えた。

ハーフソードという技法で、普通は組み合いになるほどの接近戦で使うものだが水中戦でも有効だ。

水中戦では剣をスイングするような技は水の抵抗や体重を乗せられないことで威力が下がる。

有効なのは刺突技。

速度や重さに頼らず筋力で敵の身体に突き立てる。

胸びれを立てて攻撃してきたすれ違いざま、俺は剣の切っ先をブレードシャークの腹に突き立てた。

ゴボッと音を立ててブレードシャークの口から血が溢《あふ》れる。

水中戦じゃ一撃とはいかないか。

固有スキルがない分を剣術で補う俺の戦い方では、水中戦だとどうしても威力が出ない。

攻撃を堅実に重ねて相手の体力を削り切るしかないが、長期戦は呼吸が持たなくなる。

息継ぎのために水面に顔を出すのは大きな隙だ。

そのためブレードシャークにはもっと攻めてきてほしいのだが、最初の一撃のあとは俺から一定の距離を取りじっくり待つという戦い方に変えてきた。

こいつら慎重な性格のようだな、厄介だ。

だがこの性格だから漁師達にまだ犠牲者が出ていなかったのだろう。強引に攻める性格のブレードシャークならもう誰かが食べられていてもおかしくない。

だったら不幸とは言えない。

「ならば」

俺は剣で自分の太ももを浅く切った。

赤い血が海へと拡散していく。

「……！」

ブレードシャークの様子が変わった。

血の狂乱と呼ばれる彼らの習性。

獲物の血の匂いで凶暴化し身体能力を向上させる生来の能力だ。

ブレードシャーク達は明らかに興奮した様子で、俺の方へ2体同時に襲いかかってきた。

対する俺は、冷静に堅実に。

俺は1つ1つの攻撃をさばき、ブレードシャークの身体に剣を突き立てる。

やがて、ブレードシャークは力尽き海面に浮かんで動かなくなった。

「ぷはぁ!!」

俺は新鮮な空気を胸いっぱいに吸い込む。

生きているという感じがするな。

「あんた、大丈夫か!?」

「はぁはぁ……」

苦戦はしていないが息は切れる。

他の仲間ならこうはならないんだが、特殊な環境での戦闘は『導き手』はどうしても不得意だ。

俺は転覆した船の残骸に摑まって息を整えた。

「……大丈夫だ、ブレードシャークは倒した。すぐに救助が来るはずだからもう少し待っていてくれ」

傷は自分でつけた太ももの傷だけ。

戦いの高揚が落ち着くと、海水が傷口に酷《ひど》くしみる。

「……あんた一体何者なんだ」

「ゾルタンの薬屋だよ」

漁師の言葉に俺はそう答えた。

漁師は何か言いたそうだったが、別に何かを隠しているとかではなく本当にそうなのだからこう言うしかない。

俺はゾルタンの薬屋レッド以外の何者でもないのだから。

＊　　＊　　＊

「ちょっと目を離したらそんなことしていたなんて」

「私も一緒に行けば良かった」

俺から話を聞いたリットとルーティはちょっとむくれている。

「なんでそんなことになっているんだ」

ゴンズ達は心底驚いた様子だ。

ブレードシャークを倒した後、ヤランドララが浜辺にあった予備の古船で救助に来てくれた。

浜辺へ無事戻ると、集落の人達は生きていた漁師達を囲って喜び、俺とヤランドララに熱烈な感謝を示してくれた。

「俺も今回は剣を抜くことはないと思っていたんだがなぁ」

漁師も島の近くまでブレードシャークが近づくことなんて滅多《めった》にないと言っていた。

近づいていたとしても先に他の魚を食い散らかした痕跡が見つかり、漁師達は船をすぐに浜辺へと引き返して明日になればいなくなって終わりだった。

ブレードシャークによって漁船を破壊されたのは、13年ぶりだそうだ。

その時は犠牲者が出たそうで、今回誰も犠牲者が出なかったのは奇跡だと村長達は大層喜んでいた。

「13年ぶりの凶事を今日引くとは」

「レッド兄ちゃんがいる時だなんてすごいラッキーじゃん！」

そう言ったのはタンタだ。

「そうだな、誰も怪我《けが》することなくてよかった」

「でもレッドが怪我したじゃん」

リットが服の上から俺の太ももにうっすら残る傷跡を撫《な》でる。

「や、やめろ、くすぐったい！」

ヤランドララの治癒魔法で傷はすでにふさがっている。

明日には傷跡も消えるだろう。

「これは自分でやったんだ！　確実に勝てるよう最善の手を打っただけだ！」

俺はそう言ってリットの手から逃れた。

「レッドさん、そうやって過剰反応してしまう方が見ている側は恥ずかしいよ」

ミドはそう呆《あき》れた声で言った。

「ふとも触られたくらいで初々しいねぇ」

ナオはニヤニヤしている。

ぐぬぬ。

「私がいれば怪我なんてする必要なかったのに」

「その通り、お兄ちゃんと一緒なら良かった」

「それはそうだが、一緒にいなかったものは仕方ないだろ」

確かにリットかルーティがいれば楽に倒せていた相手だ。

だが仲間と常に一緒とは限らないのが戦いだ。

あの場面でのベストな動きができたと、俺は自負している。

「これからは私達がお兄ちゃんとずっと一緒に行動すればいい」

「そうだよね、さすがルーティ良いこと言うわ」

「いやいや……」

ちょっと怪我をしただけなのに困ったもんだ。

「あー、話を戻しましょう」

脱線した流れをティセが強引に引き戻す。

ナイスだティセ。

「夕方は集落の宴に誘われたということですよね？」

「ああ、漁師達の無事を感謝するための宴だそうだ。それで俺達も誘われたんだ」

「いいですね、島の郷土料理は気になります」

「確かに気になるな」

俺達は村長から宴に誘われた。

もちろん俺とヤランドララだけでなく、島に来ている全員だ。

「島の集落での宴に参加できるなんて中々ない体験だ。タンタにとっても良い思い出になると思うぞ」

「思い出……」

タンタの表情は今も暗い。

普通なら俺とヤランドララのちょっとした冒険の話に目を輝かせていたことだろう。

当然か……今朝、加護に触れて何も解決していないのだから。

「悩む気持ちはもちろん分かる。だけどこの旅行が辛い思い出になるのは寂しいだろ？」

「うん……」

「だから楽しんでいい思い出にしないと。せっかく初めてゾルタンの外へ旅行に来たんだから」

「そう……だよね」

タンタはいきなりパン！　と自分の頬を両手で叩《はた》いた。

「よし、最高に楽しむからね！」

こういうところはゴンズにそっくりだと俺は微笑《ほほえ》ましく思って笑った。

「タンタは良い大工になるさ、ゴンズの甥《おい》っ子なんだから」

きっとその絆《きずな》は加護よりも強い。

＊　＊　＊

夕方。悔い島《リグレット》の集落。

この島民達のほとんどはこの島で生まれこの島で死ぬ。

島の外へ出てゾルタンまで行くことがあるのはごく一部の漁師だけだ。

娯楽の少ないこの島で、たまにある宴は最大の娯楽イベントなのだ。

「というわけで、こうして羽目を外して盛り上がる」

「大人の人がお尻を丸出しで踊ってる」

タンタは目を丸くして島民達の宴を眺めていた。

宴に参加した俺達に、集落の人達は最大の歓待をしてくれた。

皿に盛られた魚介と果実は、ぶつ切りにされた大雑把《おおざつぱ》なものだったが口の中で弾《はじ》けるほど新鮮で美味《おい》しかった。

最初は俺達を主賓として「ささ、どうぞ食べてください」という感じだったのだが、宴もたけなわになると全員が陽気に騒ぎ出し、歌を歌ったり踊ったりを始めた。

それもだんだんと下品になり、今では尻を丸出しにして滑稽に踊っている。

こういう集落ではよくあることなのだが、ゾルタンから出たことのないタンタにとっては驚きの光景だろう。

「教育に悪いんじゃないかな……」

「これくらいでうろたえてちゃ立派なゾルタン大工にはなれないよ」

心配そうなミドと、豪快に笑い飛ばすナオ。

だが半裸の女性達がタンタのことを「かわいい」と言って近づいてきた時は、さすがのナオも教育に悪いと追い払っていた。

「あはは」

驚きもおさまったのか、今ではタンタも楽しそうに笑っていた。

下品なのは間違いないが、島民達は家族が無事だったという喜びが笑いとなってあふれている。

そして喜びは伝わるものだ。

タンタもミドもナオもゴンズも、みんな楽しそうに大笑いしていた。

「連れてきて良かったね」

俺の隣に座るリットが言った。その顔は笑っている。

「ひどい宴だが……良い思い出になるな」

俺も笑いながら答えた。

「レッドもあれ踊る？」

「それは遠慮しておく」

＊　＊　＊

大人達が酒を飲み騒いでいると、大人から構われなくなった集落の子供達は初めて見る外の子供であるタンタの周りに集まっていた。

そんな光景を微笑ましく思っているレッド達。

そんな騒ぎの中心から少し離れた場所にルーティとティセは座っていた。

普段ならレッドの隣に座ろうとするルーティだったが、今日は別の意図があった。

「ティセ」

「はい、かなり離れていますが気配があります」

「集落を魔法で監視している、ものすごく巧妙な魔法。何重にも隠匿の魔法を組み合わせて、魔法の存在に気がつかれないようにしている」

「……その魔法は私には感知できないようです」

「魔法の達人でなければ気がつけない。監視している魔法は音を伝えるだけの弱い魔法だからこそこれほど完成度の高い隠匿になっている。高レベルの魔法に頼るだけの素人ではない」

「レッドさんやヤランドララさんも気がついた様子はありませんね」

ヤランドララは優れた術者ではあるが使うのは精霊術である。

ヤランドララやリットの使う精霊術の本質は精霊を使役することであり、精霊の目を騙《だま》せるほどの高度な秘術や法術による監視を察知することは不得意だ。

「それでもヤランドララに察知されないのは普通のことじゃない」

「エレマイトでしょうか？」

「分からないけど可能性は高い」

「私が調べてきましょうか？」

「……単独で調べるのは危険、でも私がエレマイトと接触するのは避けたい」

「ヤランドララさんもですがルーティ様も随分警戒していますね」

「……私とヤランドララだけが、何か不穏なものを感じている」

「うーん、私もエレマイトは怪しいとは思いますが、そこまで警戒するほどの印象はありませんね」

「多分私達だけなことに意味がある」

ヤランドララと同じように、ルーティもまたエレマイトに警戒すべき何かを感じ取っていた。

＊　　＊　　＊

翌日。

今日はみんなで朝の海を泳ぎ、10時くらいにテントへ戻った。

「日焼けしたなぁ」

俺はタンタの顔を見て言った。

「ヒリヒリするよ」

「日焼け止めは渡したけど昨日は塗ってなかったのか」

「加護のことで頭が一杯だったから」

「まぁそりゃ仕方ないか」

タンタの元気はだいぶ戻っている。

昨日の宴で騒いだのが良かったようだ。

「はい、飲み物」

「ありがとうルーティ」

ルーティが飲み物を持ってきてくれた。

「ココナッツジュース」

「便利だよなココナッツ、世界中の森に生えていればいいのに」

「お兄ちゃんはたまに無茶苦茶《むちゃくちゃ》言うね」

ルーティはクスッと笑ってそう言った。

ココナッツは若い実なら安全な水が、熟した実からは食料が手に入るし、樹皮からロープを作ることもできる。

樹液は自然発酵させるだけでお酒やお酢に変化し、お酒を蒸留すればアルコールが手に入る。

もちろん木材は材料としても燃料としても使える。

旅をしている時にこれほどありがたい木は中々ない。

「よし、落ち着いたところで『枢機卿《カーディナル》』の成長方針について話すか」

「うん」

「スキルについては昨日話したけれど、おぼえているか？」

「法術が中心だけど、他にも色んなことができるスキルが揃《そろ》っている、だよね」

「ああ、『枢機卿《カーディナル》』という役割がとても幅広いということなんだろうな」

『枢機卿《カーディナル》』のスキル選択肢は幅広い。

戦闘、統率、運営、陰謀、求道《ぐどう》……教会の最高幹部として様々な道を目指すことができる。

だが。

「タンタの場合必要なのは大工として使えるスキルだからな」

「うん、それが一番大切」

「大工として大成するならコモンスキルで初級製作スキルを最低レベル5は取らないといけないな。身体能力を向上させる固有スキルもあるが、そればかり取るのはもったいない」

「うぅ……本当に初級製作だけなんだね」

「モノ作りは『枢機卿《カーディナル》』の役割じゃないとデミス神は思っているようだ。ただ建造物の製作スキル不足は法術で対処が可能だ。魔力を消費するから使い所を選ばないといけないけれど」

「魔法！」

「ついでに現場で怪我した仲間がいてもすぐに治療できる。法術使いとしては準一流くらいに使えるな」

『枢機卿《カーディナル》』の法術が『聖者』や『ハイエロファント』など法術最上位の加護に比べて若干劣るということを知った時は少し意外だった。

『枢機卿《カーディナル》』の役割は法術を極めることではないとデミス神は考えているのだろうか。

だがそれでも一般的な『僧侶』の法術よりも強力だ。

「法術スキルは必須だな、問題は他のスキルとのバランスだ」

俺とタンタは相談を続け、ゴンズとミドとナオは黙って後ろから見守っていた。

『枢機卿《カーディナル》』についての知識を普通の人は持っていない。

俺も騎士時代に、王都精鋭の騎士団副団長としての権力を使って情報を集めていなければ、ここまで詳しいことは分からなかっただろう。

「計画としては、まず最初からあるスキルポイントは法術のスキルに全部使う。加護レベル5までは戦闘のためのスキルを上げて加護レベル上げに専念して、それから加護レベル9を目標に大工仕事のためのスキルを増やしていく。ここで初級製作スキルを5まで上げよう。その後は大工の仕事をしながら10年を目標に加護レベルを15まで上げて完成というのはどうだろう」

この計画ならば魔力が残っている限り加護から与えられる力としては、『職人』のゴンズと同等の大工としての能力が得られるし、さらに加護レベルを上げたくなった時に対応できる戦闘能力も残る。

戦いの絶えないこの世界でも十分生き残れるだけの生存力もあり、タンタの夢を邪魔する事件にも対応できるだろう。

「………………」

タンタは何か言いたい様子でそわそわしていた。

「何か思ったことがあれば遠慮なく言っていいんだぞ」

「……最初から初級製作を取るのって、やっぱりダメなのかな」

「その場合は加護レベルを上げる時間がかかるようになってしまうな、加護レベル9への到達に5年ってところだろう」

もちろん無理をして加護レベルの高い強敵に挑めば早くなるが、タンタの目的は強くなることではないのでそんな危険な戦いは考えない。

「でも俺、早く大工の仕事がしたい……加護に触れたらすぐに父ちゃん達と一緒に働くつもりだったから……」

「よしそういうことなら、初級製作を取る計画を練り直そう」

「え、いいの？」

「当然だ！　これはタンタの夢を応援するための計画だ。タンタが望む形であることが最優先だ」

「じゃ、じゃあ俺ゾルタンに戻ったら大工の見習いとして父ちゃん達に交じって仕事ができるようになりたい！」

「そうだなそれなら……」

「待ってくれ」

ゴンズが身を乗り出して会話に加わる。

「初級製作スキルは絶対に必要なもんじゃない、うちの見習いには身体能力向上しかスキルのないやつも結構いるんだ、最初の計画でも大工はやれるぞ」

「でもスキルがないと上手《うま》くいかないんでしょ？」

タンタは俺の方を見た。

「そうだな、初級製作スキルでもあるとないとではまったく違う」

「ほら！」

「だけどスキルがなくてもできること、身につけられることはある」

「レッドの言う通りだ。道具の使い方、段取り、図面の読み方……教えることもおぼえることも山ほどある」

「でも良いものは作れないんでしょ？」

「ああ、どんなに頑張ってもスキルの差は埋まらねぇ」

ゴンズはタンタの視線まで高さを合わせ、しっかりと向き合いながら話を続ける。

「良いものを作ったという感動もない中、下積みを続けるのは辛いだろうな……だが、できるんだ」

「…………」

タンタは苦しそうに表情を歪《ゆが》めた。

泣きそうな表情だが、必死にどうすれば良いかを考えている。

「タンタ」

「父ちゃん」

ミドもタンタと向き合う。

「タンタも知っている通り、僕は大人になってすぐに大工になったわけじゃない」

「うん、父ちゃんは冒険者だったんだよね」

「冒険者のガラティンさんみたいな強い男に憧れていてね。剣を一振り、これでゾルタンの歴史に名を残してやろうって……まぁ全然強くなれなくて引退したんだけど。それから冒険者を諦めて義兄《にい》さんに雇ってもらった」

「父ちゃん……」

「僕の人生は遠回りだった、僕のスキルは大工としては無駄が多いと思う。まぁ僕は『闘士《ウォーリアー》』だから固有スキルは身体能力向上しかないんだけどね。そんな僕から言えることは……」

夢に挑み、届かなかった。

ミドの人生は決して順風満帆ではなかったはずだ。

「それでも今の僕はとても幸せだ、幸せな人生だった。大工の仕事も義兄さんに信頼されるほどできるようになったし、素敵な家族も手に入れた。だからタンタ、僕はタンタが初級製作スキルを取って大工として良いものを作りながら成長していく道も良いと思う」

「お、おいミド！」

「義兄さん、僕はタンタのやりたいことを尊重したい。それで失敗することがあったら、その時はまた僕達で一緒になって考えよう、失敗することも遠回りすることも悪いことじゃないんだ……不幸になることだけが悪いことなんだと僕は思う」

ゴンズとミドは自分の考えを言い合っている。

そこには悪意は微塵《みじん》もなく、タンタの幸せを願う優しさしかなかった。

「レッド兄ちゃん……どうすればいいんだろう」

「俺はタンタが選んだことを応援するさ。さぁタンタのことを大切に思っている先輩大工達の話し合いだ、タンタも意見を言わないと」

「……うん」

タンタは意を決して前を向いた。

加護に触れた時、子供は大人になると言う人もいる。

それは加護による力を得たからではなく、自分の意思で未来を決める日が来たからだ。

タンタは先輩大工であるゴンズとミドに向かって何度も言葉をつっかえさせながら自分の考えを伝えている。

タンタがどんなやり方を選ぶにしても、きっと良い大工になるだろう。

＊　＊　＊

昼過ぎ。

昼食を食べた後、俺は木陰に寝そべり、海の音を聞きながらゆったりしていた。

タンタの加護の成長計画についての結論はまだ出ていないが、タンタの中でもだんだん大工となった未来の自分の姿が形になってきているようだ。

加護に触れたことで人生が変わるほどの影響が起こる。不安になって当然だ。

だからここで夢を叶《かな》えた自分の姿を形にしなくてはならない。

でなければ加護に引きずられ、加護の望む役割を果たすという未来に向かってしまう。

「皮肉だねぇ、神が人に役割を与えるための加護に触れたから、自分の夢に向けて自分の足で進み始める日になるとはな」

導きがあるからこそ自分の意志に目覚める。

人の意志とは扱い難《にく》く、そして面白い。

「レッド」

「リットか、それとルーティとタンタも」

3人は砂浜で砂遊びをしていたが、どうやら終わったようだ。

砂浜を見れば遠目からでも分かるほど立派な砂の屋敷が建っていた。

ルーティが本気を出したのか？

「ううん、私だけじゃない、タンタが棟梁《とうりょう》となって作った」

「タンタが？」

「うん！　俺が設計してルーティ姉ちゃんやリットさんと一緒に作ったんだ！」

「すごいな！」

俺もあれは作れない。俺の知識なら前線の砦《とりで》の形をベースにしたものになるし、装飾の知識もない。

「柱に花の模様が彫られているのか、器用だなぁ」

「レッド兄ちゃん目が良いね」

「残しておきたいくらい力作だな」

砂遊びの産物なのであの屋敷はそのうち崩れてしまう。

もったいない。

「俺が大工になったら1000年残る屋敷を建ててやるよ！」

「それは楽しみだ。俺の店もガタがきたらタンタにリフォームをお願いしようかな」

「任せて、ゴンズおじちゃんにも負けないすっごいお店にしてみせるから！」

そう言ってタンタは笑った。

うん、表情はすっかり明るくなったな。

まだ加護の衝動という大きな問題が残っているが、これだけはっきりと夢を持っていればきっと大丈夫だ。

「ねぇレッド」

リットが言った。

「私達これから桟橋の方へ散歩に行くつもりなんだけど、レッドも一緒に行かない？」

「散歩か、悪くないな」

俺は立ち上がり背中についていた砂を払う。

旅行3日目。

全5日予定の旅行も後半だ。

旅行でもなければ来ることのない島にどんな景色があるのか、もっと見ておくのも良いだろう。

「行く前に水筒用意しておこう」

「うん」

ルーティはうげうげさんの描かれた水筒を自慢げに見せる。

「水分補給は大切」

＊　＊　＊

水は浜辺から島の奥に入ったところにある湧き水を使っている。

森の中にあるのでモンスターが出てくる可能性も高くはないがある。

水を汲《く》みに行く時はゴンズ達だけでいかないようにとは言ってあるが、この島にはゴンズやミドでも倒せる強さのモンスターしかいない。

ゴンズやミドが1人の時に襲われても護身用兼藪《やぶ》払い用の山刀《マチェット》を忘れていなければ怪我することもないだろう。

今のところモンスターに襲われたことはない。

この島のモンスターは脅威になる来訪者を警戒する賢明さを持っているようだ。

「なんで海の真ん中にあるのに湧き水はしょっぱくないの？」

「これは森に降った雨が地面の下を通って湧き出してくるものなんだ」

「へぇ！」

タンタの子供らしい質問に答えつつ、俺達は自分の水筒に水を入れる。

タンタの水筒は瓢簞《カラバッシュ》をくり抜いたものだ。

黒いインクで笑っている顔の落書きが描かれていた。

微笑《ほほえ》ましい水筒だ。

湧き水につけると、コポコポと空気を吐き出しながら水が溜《た》まっていく。

生き生きとした緑の森の中、木々の間から夏の日差しが差し込んでいる。

虫達の合奏が力強く響き、暑さで俺達の額には汗が浮かんでいる。

「夏の風情があるな」

「フゼー？」

「この時間が好きってことだ」

「へぇー、じゃあ俺も風情があるよ」

タンタはおぼえた言葉を楽しそうに使う。

「レッドがいい加減な教え方すると間違った言葉の使い方をおぼえちゃうでしょ！」

リットに怒られてしまった。

「風情というのはね……」

リットはタンタに正しい意味を教えている。

「なるほどー」

と声に出して話を聞いているタンタ。

いつか自分の子供ともこういうやりとりをするのだろうか。

きっと楽しいだろうな。

「お兄ちゃん」

気配がした。

エレマイトか。

「ん……」

ルーティが指でサインを作る……遠耳《とおみみ》、遠くの音を聞く魔法か。

ルーティから高度な隠匿がされていたとは聞いていたがなるほど、ルーティから教えられた今でも俺には魔法があることが分からない。

リットもタンタとの会話を続けながら音を立てずに頷《うなず》く。

「お兄ちゃん、散歩に行くならやっぱり日焼け止めも持っていこう。私、テントに戻って薬を取ってくる」

「分かった、気をつけてな」

ルーティは自然にその場を離れた。ルーティはエレマイトと接触することを避けたいと考えていることを昨夜のうちに聞いている。

ルーティが離れた後も俺達は何も気づいていないふうを装いながら、水汲みを続けた。

しかし水筒に水を入れるだけだ、すぐに終わる。

「よし、じゃあ行こうよ！」

タンタが無邪気に笑って言った。

俺達が浜辺に戻ろうと立ち上がった時、気配が動いた。

今度は無警戒な動きだ。草がガサガサと音を立てた。

「誰かいるの？」

タンタが足を止めた。

当然俺達も足を止めざるを得なくなる。

これを狙ってわざと気配を出したのか？

考え過ぎの可能性もあるが、最大の警戒をしておいたほうがいい。

「こんにちは、今日も我らに等しく与えられるデミス神の慈愛の心に感謝を捧《ささ》げましょう」

エレマイトは口元に笑みを浮かべた。

ベルトに覆われた目の表情はうかがえない。

「こんにちはエレマイトさん」

俺はよく知らない相手と世間話をする程度の声で言葉をかわす。

「暗がり森からここまで水を汲みに来てるのか、大変だな」

「水瓶をひっくり返してしまいまして……この通り目が見えないものですから、たまにやってしまうのですよ」

エレマイトはそう言ってクスリと笑った。

「大変だね……」

「心配してくれてありがとう坊や、でもこうして苦労することも修行なのですよ」

タンタの言葉にエレマイトは嬉《うれ》しそうに言った。

「それにこうしてまたあなた達に会えたのですから」

好意というのは他人の警戒を解くのに効果的な感情表現だ。

特に無邪気な子供にはそうだろう。

タンタは少しエレマイトに気を許したようだ。

「じゃあ俺達は戻ろう、エレマイトさんも良い1日を」

長居する理由はない。

俺はその場を立ち去ろうとした。


……タイミングが悪かった。


その瞬間、木の上にへばりついていたレッサースライムが降ってきた。

弱いモンスターだがリットの意識はレッサースライムに向き、腰の剣に手が伸びた。

同時にエレマイトは水を汲もうと湧き水に近づき、木の根につまずいてこけた。

反射的にタンタはエレマイトに手を伸ばす。

リットはタンタをかばえない。

俺はタンタの前に手を出してかばう。

エレマイトの手が俺の腕を摑《つか》んだ。

倒れかけた姿勢のまま、エレマイトの顔が俺の方へグリンと動いた。

「……ありがとうございます」

「いや……」


触れられてしまった。俺に触れた瞬間、エレマイトの動きが一瞬だが止まった。

あれは予想外の驚きがあったという動きだ。

俺に触れたことで、エレマイトは何かを知ったのだ。

「怪我《けが》をしなくて良かったよ」

俺は腕に力を込めてエレマイトの身体を引き起こした。

エレマイトはするりと離れる。

レッサースライムを抜刀一太刀で倒したリットは、動揺を隠しながら剣を納める。

「……孤独の修行を邪魔して悪かった」

「いえ、今のは反射的に救いを求めて手を伸ばしてしまった私の罪によるものです、どうかお許しください」

「あまり長居しない方が良さそうだな、俺達は行くよ」

「はい、皆様にとって善き1日になることを祈っております……坊や」

「え、はい……」

エレマイトはタンタに向けて微笑《ほほえ》みかけた。

「助けてくれようとしてくれてありがとう」

＊　＊　＊

湧き水から離れ、俺達はルーティと合流した。

先頭を歩くタンタは森で拾った棒を持ち、リットがレッサースライムを切った動きを真《ま》似《ね》して遊んでいる。

「ごめんレッド」

「いや俺もミスったよ」

レッサースライムが落ちる瞬間を狙ったのか？

いや、それなら俺もリットも気が付く。

ことの起こりがレッサースライムを起点としていれば、その後に動いたエレマイトにも対応できた。

だがエレマイトの動きはレッサースライムの動きと全くの同時だった。

偶然としか言いようのないタイミングで、俺やリットですら最善の行動が取れなかった。

「正体は分からないが、何かスキルを使ったのは間違いない」

こちらに影響を与える類《たぐい》のものではない。

それならばルーティが絶対に気が付く。

「うん、お兄ちゃんの変化を私が見逃すはずがない」

ルーティはそう断言した。

「だとしたら何かしらの探知だろう。リットですら気が付かない高度なものだが、隠匿にかけてエレマイトが達人級であることはもう分かっている」

ヤランドララにすら気が付けない探知魔法。

なんだってそんな化け物がこの島にいるんだか。

「魔王軍との戦いにも参加せず、ゾルタン周囲の事件に限っても悪魔の加護事件や、ヴェロニア王国との戦争、勇者ヴァンの起こした数々の騒動……それらすべてを無視する人類最高峰級の戦力がいるとか、そんな理不尽なことがあるか」

俺はつい毒づいた。

「多分それ、盗賊ギルドのビッグホークやヴェロニアの将軍リリンララも似たようなこと思ったと思うよ」

「……そうか」

確かにあいつらからしたら理不尽過ぎると思っただろうなぁ。

俺達の場合はスローライフをしたくてゾルタンにいるのだが……。

「エレマイトの目的はなんだろうな？」

「ただの修行のためだけなら良《い》いんだけどね」

だが直感がそれは違うと告げている。

「これが金銭だとか政治的な理由だとかなら分かるんだが、敬虔《けいけん》な聖職者は行動理念が常人と違うから予測できないんだよな」

相手の目的が分からない戦い……俺の苦手なタイプの戦いだ。

「レッド兄ちゃん！」

タンタが声を上げた。

「どうした？」

「ほら、集落の人が集まって何かしているよ！」

桟橋のある砂浜で集落の人達が木を加工する作業をしている。

どうやら漁船を作っているようだ。

「おっ！　恩人さんじゃないか！」

昨日助けた漁師がいた。

彼が漁船作りを指揮していて、仲間に指示をしているところだった。

「こんにちは、漁船作りが見られるとはラッキーだ」

「おおそうか、俺達からしたらただの仕事でも、恩人さんからしたら滅多《めった》に見られない光景か」

漁師は気さくに笑うと俺達を手招きして漁船作りを間近で見ることを許してくれた。

「この船ができるまでは漁師の半分は陸で作業だな」

「大変だな」

「船は作れるが、死んだ漁師は帰らない。これくらいなんてことないさ」

漁師は明るい表情でそう言った。

ここはゾルタンと海を隔てているが、この明るさはゾルタン人らしいな。

「造船所を見学したことや即席の筏《いかだ》を作ったことはあるんだが、こういう船を作っているところは初めて見るよ」

騎士時代に軍の造船所に行ってどのような性能の軍船を造るのか要望を出したり、戦場で川を渡る筏を作ることはしたが、島民が使う漁船がどのように作られるのかは興味がある。

見たところ図面は、砂浜に描かれたものがそうらしい。

正確な寸法は書かれていないが、どのパーツの寸法を合わせるとか、パーツを作る順序などが書かれている、

「竜骨から作るのは同じか」

船の中央を縦断する部材のことを竜骨と呼ぶ。

特に頑丈な木材を選んで作られる船のパーツで、もっとも重要な部分だ。

「そりゃ船の背骨だからな、きっと人間の身体も背骨から作られて身体が出来上がっていくんだろうな」

「面白い考えだ」

俺は失ったら死ぬ部分ということで心臓が最初だと考えているのだが、船乗りは背骨が生命の基盤だと考えるようだ。

今朝から始まったであろう漁船作りはまだ序盤で、竜骨に取り付ける船底のパーツを作っているところだった。

「なるほどなぁ」

竜骨に板を取り付ける作業をしている人の隣に座り、タンタは真剣に、そしてとても楽しそうにどういう工程で船が出来上がっていくのか観察していた。

「坊主、そんなに面白いか？」

「うん！　釘《くぎ》の形も家を建てるのとは違うんだ！」

「ああ、板の形に合わせて作った舟釘を使うんだよ」

「道具もほとんど斧《おの》だけでやるんだね」

「のこぎりで大雑把に切り出したあとは斧だけで加工だ。道具を手に入れようとするとゾルタンまで行かないといけないからなぁ」

「へぇ、道具がなくてもこんなぴったり合うものが作れるんだ」

手斧1本で、木を少しずつ削っていくことでサイズを調整している。

「こうやって釘を刺せば水漏れしないんだね」

「坊主、お前賢いな」

「……あ、分かった！」

「お、おお？」

タンタはいきなり立ち上がり、今度は砂浜に描かれた図面の方へ走った。

何か発見があったようで目を輝かせて図面を見ている。

「これだけの図面でよく船が作れるね！」

「やることは大体頭に入っているからな……坊主は漁師に興味があるのか？」

「ううん！　俺大工になりたいんだ！」

「へぇ！　それで船作りも分かるのか！」

「でも家を作るのとはやり方がぜんぜん違うの面白いね！」

「ちょっとやってみるか？」

「いいの!?」

タンタは俺をチラリと見た。

俺は笑ってうなずく。

「お願いします！」

タンタは姿勢を正し頭を下げた。

1年前はただの子供だったのに……大工の卵としてゴンズを手伝う時はああして礼儀もしっかりとしているのだろう。

リットも驚いた様子で、木を削り始めたタンタを見ていた。

「上手《うま》いね」

「ああ」

タンタはすぐに手斧の使い方を身に付けていた。

力ではなく、手斧の重さを使って削る。

大切なのは角度だ。薄く、均一に、角度が一定ならば削る量も一定になる。

手斧1本で正確な加工を行うコツだ。

タンタの呑《の》み込みの早さを見て、集落の人達は教え甲斐のある子供だと色んなことを教え始めた。

「あれだけ色々言われているのに混乱せず理解している……ゴンズが期待するのも分かる才能だな」

「あんな天才職人を聖職者にするだなんて、神様も見る目がないわ」

「デミス神は人を見て加護を与えているわけじゃないからな」

本人の才能と与えられる加護は無関係だ。

でなければ加護との相性が悪いなんてことが起こるはずがない。

「子育てか……」

リットはタンタの姿を見てまぶしそうに目を細めた。

タンタと出会って1年ちょい。

その間だけでも、これだけまぶしい成長を見せられるのだ。

生まれた時からずっと一緒にいたら、どれだけたくさんの感動に出会えるのだろうか。

「ああ、そのためにも結婚式をどうするか考えないとな」

「ふふ、普通は婚約してから3ヶ月が通例だっけ？」

「楽しみだね」

「そうらしいな」

ゾルタンではそういうことになっているそうだ。

これは本来、親同士が決めた婚約の場合、婚約してから同棲《どうせい》を始め結婚生活が上手くいくかどうかを判断するのに3ヶ月期間を置くというアヴァロン大陸南東部の風習によるものだ。

なので自由恋愛で、すでに同居している俺達はすぐに結婚式を挙げても問題ないと言えばないのだが……。

「でも婚約と結婚の間の今の期間も楽しいよね」

恋人から夫婦に。

その間のフワフワとした時間。

確かにこれは今しかない感覚だ。

「現在も未来もどちらも楽しみか、こんなに幸せなことはないな」

「うん！」

この世界は戦いに満ちている。

旅行に来ただけのこの島にも、エレマイトという危険な人物がいた。

きっとこれからも様々な戦いに巻き込まれるのだろう。

だが、そんな世界であっても俺達は幸せな人生を送る。

戦うために生きるのではなく、楽しく幸せに暮らすために生きる。

今俺達の目の前では、刃のついた手斧で漁船が作られている。

集落の人々はモンスターが村に近づいた時、あの手斧を投げてモンスターを追い払うこともするそうだ。

しかし、そうであってもあの手斧が船を作り出す道具であることに変わりはない。

この世界もそうなのだと俺は思う。

神様がどれだけ俺達に戦うことを望んでいたとしても……。

＊　＊　＊

夕暮れになり船作りの作業が終わる。

タンタは作業が終わるまでずっと手伝っていた。

集落の人もさすがに悪いと思ったのか、何度か遊びにいっても良いと言っていたのだがタンタ本人が楽しいからと手伝いを続けた。

俺とリットとルーティは、そんなタンタを見守りながら木陰でのんびり会話をしていた。

会話はゾルタンでもできるが、こういう旅行先での会話はまた違った楽しさがある。

そんな感じに俺達もしっかりと旅行を満喫した1日となった。

ついでに手伝ってくれたお礼にと島の畑で採れた野菜をもらえた。

ここ数日は肉多めだったし今日は野菜メインにするか。

「明日は釣りに行く予定だったんだが、タンタはどうする？」

「釣り！　もちろん行くよ！」

「本当は船を借りるつもりだったんだが、漁船が壊されたから船が余っていないそうなんだよな。東側にもう少し歩いたところに良さそうな海岸があったから、そこで釣りをするつもりだ」

釣り場としてはさらに東へ進んだ所にある岩場で釣った方がいいと思うが、あそこは子供には危ないだろう。

「ここらへんは全長1メートル近い大型魚も釣れるらしいから、大変だぞ」

「1メートル⁉」

タンタは両手を広げて「これくらい⁉」とまだ見ぬ釣果に目を輝かせていた。

浜辺に戻ると、タンタはゴンズ達のところへ走り今日何があったのかを報告する。

楽しそうな会話だ。

俺は夕飯の準備をするか。

「レッドさん」

「ティセか」

ティセとうげうげさんだ。

今日も泳いでいたようで、水着の上にラフなパーカーを羽織っている。

うげうげさんも小さなサングラスを頭に乗っけているが、多分意味はない。

とにかく2人ともバカンスを満喫していることは伝わる格好だ。

「旅行を楽しんでいますか？」

「ああ、今日は漁船作りを見学していたよ」

「へぇ、こういう機会でもないと中々見られないものですね」

「目的もなく船作りの作業を何時間も見学するなんて、贅沢《ぜいたく》な時間の使い方だよな」

「まったくです」

俺達は元騎士と暗殺者。

時間をどう有効活用するか常に考え、1秒でも無駄にしないように行動していた。

立ち止まれば立ち止まった分だけ、明日が不利になる。

そういう考え方だった。

「前の仕事で旅行といえば訓練だったな。泳いでモンスターと戦ってたよ。自由時間もあったけど、その時間は領主のところで礼儀作法と政治の勉強に使ってた」

「真面目ですねぇ」

「ルーティの旅立ちというタイムリミットがあったからなぁ、必死だったよ」

肉体の休息という目的以外で休日を過ごしたことはほとんどない。

余力があればモンスターを倒して加護レベルを上げようと戦っていた。

「私の稼業も加護レベルが低いと死んじゃいますからね、レッドさんほど生き急いではいなかったですけど」

「浴場レビュー本書いたり、おでん屋台巡りしたりしてたもんな」

ティセの浴場レビュー本、一度読んでみたいんだけどな。

暗殺者ギルドまでいかないと手に入らないんだろうか。

「さてレッドさん、本題です」

「そうだ、何か用があったのか？」

「ちょっと見せたいものが……」

ティセが俺の目の前に来て言った。

「見せたいもの？」

「こっちです」

俺はティセの後について行く。

テントから少し離れた岩陰に海水の入ったバケツが置かれていた。

「何か袋が入っているな」

「泳ぐついでに獲《と》った貝です」

袋の中には貝がいくつも入っていた。

「ほぉ、すごいな！」

「ふふん、頑張りました……手に取って見てください」

大きく育った二枚貝だ。

これは焼いてもいいし、茹《ゆ》でてもいいな……うん？

「良い貝でしょう？」

「ああ、良い貝だ」

獲ったまま海水につけているのかと思ったらすでに貝柱が切られているものがある。

俺は袋の中で貝を開いた……文字が書かれていた。

『今日エレマイトがキャンプに接近してきました。今も盗聴されています』

なるほど……。

そして別の貝にはエレマイトが隠れていると思われる森の場所が描かれた簡易地図。

「どういう料理にしようかな」

「実はもう考えてあるんですよ。今日は私が料理しますから、レッドさんはルーティ様と遊んでいてください」

「いいのか？　それじゃあ俺はルーティかヤランドララを誘って散歩でもしてくるかな」

「はい、料理のことはお任せあれ。〝必ず〟美味《おい》しい料理を作りますから」

「それなら安心だ。ティセもすっかり料理の腕を上げたものな」

ここの守りはティセに任せて良いということだ。

俺はティセに今日もらった野菜があることも伝え、ルーティのところへ向かった。

ルーティはテントのすぐ側《そば》で空の月を見ていた。

「夕月も好き」

ルーティはまだ白く細い月を見て言った。

「ああ良いよな、満月とは違った美しさがある」

「うん」

俺も隣に並んで空を見上げる。

良い月だ。

「ルーティ、これからヤランドララと散歩しようと思うんだが、ルーティはどう思う？」

「……お兄ちゃんと一緒がいい」

「そうか、分かった。それじゃあ一緒に散歩しようか」

「うん」

ルーティは愛用しているゴブリンブレードを肩に掛けた。

俺も銅の剣を腰に佩《は》く。

夜はモンスターに襲われやすい時間だ。

武器を持つのも不自然ではない。

「どうする、手をつないで歩くか？」

「ううん、お兄ちゃんが先を歩いて。私もあとからついていく」

「よし分かった」

俺達はゴンズ達に一言声をかけてから森へと入る。

よしここらへんまでくれば……。

「〝雷光の如き脚〟」

森の中を一気に駆け抜ける。

〝雷光の如き脚〟は直線的に加速していくスキルであり障害物に弱い。

しょせんはコモンスキルで、飛行と追い風の魔法を組み合わせた方が機動力は高い。

それが一般的な認識だ。

そして俺は集落の漁師を助けた時にこの〝雷光の如き脚〟を見せている。

〝雷光の如き脚〟が俺の最速の移動手段だとエレマイトは思ったはずだ。

だから障害物の多い森なら安全だと、そう考える。

「だがこの森はもう知っている」

森の中はすでに歩いた。

障害物の場所が分かっていれば避けるのは簡単だ。

俺が木々の間から飛び出した時、エレマイトは魔法を使おうと印を組もうとしていたが発動するより早く俺の剣がエレマイトの首に添えられた。

「盗み聞きは良くないな」

「お見事」

エレマイトは驚いているが、焦っている様子はない。

「普通なら教会の人間に手は出しにくいが、孤独の修行中にモンスターに襲われたってことにすれば誰にも気が付かれないだろう？」

「それは困りますね、修行を終える前に斃《たお》れるのは不本意ですから」

余裕があるな。

俺が殺さないと確信しているのか、それとも自分が優位であるように見せかけているのか。

「孤独の修行をしている苦行僧がなぜ俺達を監視する？　何が目的だ？」

「私はいつだってデミス神の下僕《しもべ》であり、それが生きる目的です」

「神様と俺達を監視することになんのつながりがある」

「神の御意思《ごいし》を測ろうなどと、俗人にはおこがましいことですよ」

「その選民思想、聖職者の典型だな！」

「お兄ちゃん上!!」

ルーティの警告が聞こえた。

反射的に後方へ飛びのく。

黒い影が凄《すさ》まじい勢いで俺のいた地面に槍《やり》を突き立てた。

「フライングデーモン!?」

黒い影の正体はフライングデーモン！

かつてアヴァロニア王国の王城を急襲し、アヴァロニア王の眼前まで迫ったこともある中級デーモンだ。

「教会の人間がデーモン召喚なんて使うのか！」

「悪とはデミス神のために存在する奴隷です、私が使えぬ道理はありません」

ブレードシャークとは比べ物にならない強敵だ……しかし。

「何ですって⁉」

俺がフライングデーモンを無視してエレマイトに向かってきたのを見て、エレマイトは僅かだが確かに動揺した。

フライングデーモンは横から俺を串刺しにしようとするが……。

「遅い」

ルーティの剣がフライングデーモンを両断していた。

「ホーリーストライク！」

エレマイトは魔法で俺を迎え撃つ。

白い閃光《せんこう》が俺の身体を貫くために放たれた。

「セイクリッドマジックシールド」

俺の身体を覆う、エレマイトの神聖よりも強力な聖なる盾が閃光を弾《はじ》いた。

「馬鹿な……！」

「フライングデーモンを倒すくらい、魔法を使う片手間でできる」

ルーティは王都を旅立つ時点でフライングデーモンを倒している。

四天王すら倒せるルーティが今更苦戦するような相手ではない。

「くっ」

「2度も魔法を使わせるか！」

俺の剣がエレマイトの右手の手のひらを貫く。

そのまま地面に押し倒し、手のひらごと剣を地面に突き立てた。

「あああああ!!」

エレマイトが痛みで叫んだ。

左手で魔法を使おうとしたようだが――

「終わり、動かないで」

「……ええ、そのようですね」

倒れたエレマイトを見下ろすルーティの剣は、エレマイトの眉間に突きつけられていた。

エレマイトは諦めた様子で力を抜く。

戦う意思はなくなったようだ。

俺はエレマイトの身体を縛って無力化する。

特に魔法を使えないように指はしっかり固定した。

これで魔法の発動に必須の印を組めない。

「で、一体この戦いに何の意味があったんだ」

ゾルタンに来てから初めてではないだろうか？

相手の目的に見当もつかない戦いは……。

だが戦ったことで分かったこともある。

「エレマイト、あんたの加護は『聖者』だな」

「よく分かりましたね」

エレマイトの加護は『聖者』。

『賢者』と対を成す、何千種とある加護の中でも唯一〝鑑定〟スキルを使える加護。

僧侶系最上級加護の1つだ。

つまり、エレマイトは俺が『導き手』だと知っている。

俺に触れた時、〝鑑定〟を使われたのだろう。

本来〝鑑定〟は目で見ている相手に発動するスキルだ。

だが、エレマイトは両目を潰している。それで〝鑑定〟スキルの性質が変化したのだろう。

〝鑑定〟でありながら〝鑑定〟とは異なるスキル。俺やリットですら気が付かなかったわけだ。

「だがネタが割れれば2度は引っかからない。視線を発動条件にするスキルや魔法を別の感覚器官で発動できると考えれば、対応は可能だ」

「普通は分かっていてもできないんですけどね」

エレマイトは口を歪《ゆが》めて抗議した。

口調からも戦意は感じられない。

一体何が目的なのか聞き出さなければな。

……この時俺は、エレマイトの目的は分からないがそれは『勇者』にかかわるものだと思っていた。

これほど強力な『聖者』だ。

デミス神がまたルーティを『勇者』としての道に引き戻そうとして、この『聖者』に何か神託を与えた。

それが最有力だと思っていた。

俺はデミス神の考え方が人間の価値観とは全く異なることを、まだ理解していなかったのだ。

*　　　*　　　*

同時刻。レッド達がキャンプをしている浜辺。

ティセは料理をしながら周囲を警戒し、ヤランドララは植物と会話しながらエレマイトが森のどの位置にいるのか把握していた。

達人2人による警戒。

レッドですらこれを突破することは不可能な状況のはずだった。

「太っちょ大工のノコギリは♪　ギコギコギコギコ大騒ぎ♪」

ゴンズが酔っ払った時に歌う変な歌を口ずさみながら、タンタはヤシの木の林を散歩していた。

テントの近くで小猿を見かけ、ここまで追いかけてきたのだ。

小猿はヤシの木の上に登ってしまった。

タンタはそれが面白かったのでケタケタと笑った後、上機嫌で歌っていたのだった。

「木くずまみれのかみさんは♪　怒ってお鍋を投げつけた♪」

「楽しい歌ね」

「え!?」

いつの間にかタンタの目の前に白い服を着た背の高い女性……両目をベルトで覆ったエレマイトが立っていた。

目をつぶっていたわけでもないのに目の前にいきなり誰かが現れる。

レッド達ならその異常さに警戒しただろうが、まだ冒険に出たことのないタンタは驚いただけだった。

「エレマイト……さん？」

「ええ、おぼえていてくれて嬉しいわ」

エレマイトは微笑《ほほえ》んだ。

まだ少年であるタンタは、その表情に少しだけ感情がざわつくのを感じた。

「あ、あの、俺に何か用なの？」

「タンタ君」

エレマイトは慈愛に満ちた表情で言葉を続ける。

「あなたは加護に触れましたね」

「!!」

タンタは驚いてエレマイトの顔を見た。

エレマイトは変わらず微笑んでいた。

エレマイトは弱いことの強さを知っている。それがエレマイトの最大の強さだ。

今ここにいるエレマイトはタンタの精神にのみ映る幻影。

高度な隠匿の魔法を何重にも掛けているが、中心にある魔法は本来対象に害を与える魔法ではなく念話《センドメッセージ》の一種だ。

自分の姿と言葉を伝えるだけで、タンタの精神や肉体に影響を及ぼすような効果はないし、幻影は浜辺の砂粒だって動かすことはできない。

それに魔法の知識さえあればすぐに遮断できる魔法だ。

初級魔法の一種。だからこそティセとヤランドララの隙を突けた。

タンタの精神の表層に映るだけの幻影だからこそ、ティセはその気配に気が付けない。

ヤランドララの植物達も、タンタの心身に異常がないから気が付けない。

弱いからこそ、大陸最強の２人ですら気が付けない。

これがエレマイトの強さだ。


「…………」


タンタは黙っている。

『枢機卿《カーディナル》』のことを他人に言ってはいけないとレッドから強く言われていたし、タンタ本人も他人に言うことがどれだけ危険か理解していた。

「大丈夫、あなたに与えられた加護が何なのかを私に言う必要はありません」

「う、うん、ごめんなさい、教えられないんだ」

タンタはペコリと頭を下げる。

タンタの視界にいなければ消える幻影は、頭を下げたタンタの視界の端に残る足を残して消えているのだが魔法の知識のないタンタには分からない。

タンタが頭を上げて顔がもとに戻ることで、エレマイトはまた言葉を発することができた。

「私は聖職者ですから、迷える信徒を導くのも神様から授かった役割なのです」

「役割……」

タンタは困った顔をした。

この世界の一般的な認識として、聖職者とは善い人達だ。

タンタもこれまでゾルタン教会の人達のお世話になっている。

怖い人もいるが、基本的にみな優しい人達だ。

それにゾルタン教会のトップであるシエン司教はゾルタンの英雄の1人で、庶民にも分け隔てなく優しい人格者である。

子供であるタンタにも基本的に聖職者というものには敬意を払うべきという認識があった。

「俺、大工になるのが夢なんだけど……加護は全然大工と関係のないもので、悩んでいるんだ」

タンタは『枢機卿《カーディナル》』のことは伏せつつ、よくありそうな悩みとして話をした。

エレマイトはタンタの話を最後まで聞いてから返事をする。

「あなたが悩む気持ちはよく分かります。あなただけではなく、たくさんの信徒が自分の加護と人生について悩むのです」

「やっぱりそうだよね」

「きっとあなたのお友達は、あなたが加護の役割を捨てて大工になる道について考えてくれたのでしょう？」

「うん」

「では私は加護の役割を享受する幸福について語りましょう」

「でも俺、ずっと大工になるのが夢だったんだ」

「分かりますよ、ですがもし加護の役割を享受していたらどうなっていたのかという道について、知らずに進むのは将来後悔することになるかも知れません」

「…………」

タンタは不服そうな顔をしている。

当然だ、タンタにとって大工になることが夢であり、たとえ大工に挫折することになろうともそれは自分の責任だと子供ながらに理解している。

夢を目指さないなんて選択肢はタンタにはなかった。

……それをエレマイトは知っている。

だからタンタの夢を否定したりはしない……今は。

「列聖スクリボニウスと誘惑の悪魔の逸話はご存じでしょうか？」

「すくりぼにうす？　えっと、幸福の指輪を病気の友達に使った偉い人だよね」

「はい、自分の幸せよりも友達のお幸せを願った列聖のお話です。この話の大事なところは、誘惑の悪魔はスクリボニウスに幸せな未来と不幸せな未来の両方を見せたことです」

「両方の未来って……」

「未来に待ち受ける幸福を捨て不幸を受け入れ、死にゆく友を救うという誓いを果たしたからこそ、予定された不幸の中死んだスクリボニウスは列聖と記録されたのです」

「神様はすくりぼにうすを助けてくれなかったの？」

「助けましたとも。死んだスクリボニウスは今もこうして列聖として尊敬されているのですから」

　タンタは分からない様子で考え込んだ。

「えっと、大工にならなかった未来も知らないと駄目ってこと？」

「ええ、両方知って、その上で道を選ぶことこそが神が与えた試練であり慈愛なのですよ」

　タンタはエレマイトの言っていることのすべてを理解したわけではない。

「夢を諦めろって言ってるわけじゃないんだよね？」

「私もあなたの友達と同じ考えですよ。あなたの道はあなたの意思で選ぶことが大切です。ですが選ぶためには加護を受け入れた場合の幸福も知らないと公平ではないでしょう？」

「それはそうなのかも……話を聞くだけならいいけど……」

エレマイトはタンタの言葉を聞いて微笑んだ。

「タンタさん、あなたにはこの私……『聖者』エレマイトの物語を贈りましょう」

幕間《まくあい》 聖者の見た世界

私はエレマイト。

『聖者』の加護を与えられた貴族の令嬢でした。

兵士だった曾祖父が戦場での活躍によって騎士の位を賜り、祖父が領地を広げ男爵の爵位を得て世襲貴族となりました。

曾祖父は『騎士《ナイト》』の加護を与えられ、祖父は『貴族《アリストクラート》』の加護を与えられていたのです。

2人とも理想的な人生を送りました。死の床でも大勢の家族と友人に囲まれデミス神に感謝しながら召されていきました。

ですが祖父は1つだけ大きなミスを残していきました。

それがすべての不幸の元だったのです……何だか分かりますか？

祖父は1人息子であった私の父に家督を譲ってしまったのです。

父に与えられた加護は『猟犬師《ハウンドテイマー》』。

父は犬を愛し、父の育てた犬は他の貴族からとても褒められたものです。

優しく、領民にも慕われ、私達家族のことも大切にしてくれた良い人でした。

しかし父の役割は男爵家の当主ではありませんでした。

犬の心は分かっても、人の悪意には鈍い人でした。

犬を使って狩りをするのは得意でも、人を使って戦うのはできない人でした。

犬がどれくらい食べるか予想できても、領内で生産される物の量やお金のことは分からない人でした。

父は近隣の貴族に騙《だま》され、兵を率いた戦いにも敗北し、水場と銅山の権利を失ったのです。

収入源であった銅山を失い、農業に必要な水も相手に許しを得て使わなければならなくなりました。

少なくなった収入は水場の権利費として大半を奪われ、家の資産はすぐに枯渇しました。

優しい領主でしたが、領民が望んだのは飢えないことです。

優しいだけで無能な領主として、領民は父を蔑むようになりました。

生きていくために父は自分を騙した貴族の言いなりになるしかなかったのです。

領民の心すら離れ、いずれ領地も奪われ父の代で私の家は終わる。

そういう状況でした。

そして父には苦境に立ち向かおうとする意志も残っていませんでした。

優しかった父は酒に溺れ暴れるようになりました。

大事にしていた猟犬すら手放してしまいました。

酔いから覚めたらいつも泣いて謝る父の姿は、あまりにも悲惨で思わず目を背けてしまいます。

母や兄が父を捨て、母方の貴族の家に行ってしまったのも無理はありません。家族は今も貴族の家で働いているそうです。

私だけが残りました。私までもいなくなれば父は自ら命を絶つだろうと思ったからです。

父はそんな私の『聖者』に望みを託しました。

猟犬を贈った司教を頼って、私を聖地ラストウォールへ送り聖職者として大成させようとしたのです。

そして聖職者としての権力で家を救ってもらおうと、そう考えたのです。

家が救われれば家族も戻ってくる、また一緒に暮らそう……父は私にそう言いました。

たしかに父の問題は地方の小さな領主同士の問題。

教会の有力者が介入すればすべて解決したでしょう。

ですがそれが父の幸せでしょうか？

父が今不幸なのは、加護の役割を果たさず貴族の当主という不相応な役割を果たそうとしたためです。

だから……私は父の家を潰しました。

父が私に受け継がせようと守っていた領地は、今は父を騙した貴族の領地となっています。

その代わり父には生きて行くのに十分な資産と、貴族のための猟犬を育てる環境を用意しました。

父は私を許しませんでしたが、現在の父の人生が幸せなものだと聞いています。

加護によって人生を決められることは決して不幸なことではありません。

騎士には騎士の、貴族には貴族の、猟犬師には猟犬師の、奴隷には奴隷の幸せがあります。

加護とは、デミス神とは愛なのです。

愛を信じ、信仰は幸福に、幸福は功徳になります。

まだ分からなくとも、どうかおぼえておいてください。

神の愛はいつでもあなたと共にあることを。

第四章 楽しい料理

翌日朝、浜辺のテント。

「結局、何も聞き出せなかった」

ルーティが残念そうに言った。

「苦行僧だから痛めつけて目的を聞き出そうにも耐え切ってしまうだろうからな。今は縛って無力化したままにしておくしかないだろう」

俺はそう答えた。

テントにいるのは俺、ルーティ、リット、ヤランドララの4人。

ティセは昨晩、エレマイトに出し抜かれたことに責任を感じてタンタ達の守りに付いている。

まさか俺達と戦いながらタンタに接触していたとは予想していなかった。

だがおそらく、このキャンプにいて事前知識なしにエレマイトの魔法に気がつけたのはルーティくらいだろう。

エレマイトと戦うためにルーティをキャンプから引き離した時点で、エレマイトの狙いは達成していたとも言える。

「でもそれを狙うことができたとは思えないけど」

「そうだよなぁ」

リットの言葉に俺はうなずく。

俺達は確かに出し抜かれた。

このメンバーを相手にそれができる人間などそうはいない。

だが、エレマイト側の視点に立った時、今回の結果は偶然の要素が多い。

エレマイトが鑑定できたのはリットと俺の2人だけだ。

『導き手』の存在から『勇者』がいると推測できたとしても、植物を操る力を見せたヤランドララを除外して、ティセとルーティのどちらが『勇者』なのかは分からなかったと思う。

エレマイトは自分を囮《おとり》にしてルーティをおびき出したが、俺自身の考えではルーティをキャンプに残してヤランドララを連れて行った可能性の方が高かった。

それにエレマイトが殺される可能性だってあったはずだ。

俺達がそういうタイプじゃなかっただけで、自分より強い相手にちょっかいを出して殺されても、この世界では文句なんて言えない。

囮というのは別動する味方がいて成立するものだ。

自分が捕らえられたり、死んだりしても仲間がフォローしてくれるから囮になれるのだ。

今もエレマイトは無力化され、自分の小屋に閉じ込められている。

エレマイトの小屋も調べてみたが、教会の人間がよく使う戦闘用のマジックアイテムがあるだけで、それ以外に特別なものは何もなかった。

あの小屋で生活しているのがエレマイト1人だけなのは間違いない。

「島には他に誰もいなかったんだよね？」

「ああ、一晩かけて島中探索したが、この島にいるのは俺達と集落の人達、そして縛って小屋に捕らえているエレマイトだけだ」

リットの質問に俺は答える。

エレマイトは俺達を出し抜いたが、その代償が無力化され捕らえられているという状況だ。

仲間がいなければもう何もできないのに、単独で行動していたという矛盾をどう考えるか。

「自分の実力に自信があって、レッドとルーティが相手でも勝てると思っていたとか？」

「そう思い込んでるなら、こんな回りくどい方法をとるより直接キャンプに忍び込むはずだ。俺達を無力化してから目的を果たせば良《い》いんだから」

「たしかに……結局エレマイトの目的ってなんだったんだろう？」

エレマイトの目的……エレマイトがやったことは、初日に話しかけてきて、２日目の昼に湧き水のところでまた接触して、そして３日目の夜に俺達をおびき出しタンタに魔法で接触した。

「タンタに精神操作などの類《たぐい》が施されていないのは確認した」

ルーティがそう断言した。

エレマイトがやったことはタンタに語りかけることだけということになる。

エレマイトはタンタの加護を〝鑑定〟していないはずだが、リュブ枢機卿《すうききょう》のように『枢機卿《カーディナル》』の加護に限っては見ただけで分かる訓練を受けている可能性もある。

「でもタンタを『枢機卿《カーディナル》』にするためにあんなことしたの？　それは高レベルの『聖者』が命をかけるだけの価値があることなの？」

「うーん……」

エレマイトの行動を並べて見えてくるのは、エレマイトの目的が『勇者』ルーティではなく『枢機卿《カーディナル》』タンタだということだ。

もちろん『枢機卿《カーディナル》』は希少で偉大な加護だ。

だが『勇者』と違って、唯一の加護ではない。

教会は『枢機卿《カーディナル》』を確保しようとするが、教育をして駄目なら教会を離れて自由に暮らすことを認めている前例もある。

『枢機卿《カーディナル》』を確保することは教会にとって、どんな犠牲を払ってもという程の重要性はないし、市民に怪我《けが》をさせてでも確保したいということもない。

「信仰の求道者《ぐどう》の価値観は常人とは違う」

ルーティが淡々と言った。

「相手の視点で見るよりも、客観的に起こった事実から目的を推測した方がいい」

「となると目的はタンタに『枢機卿《カーディナル》』の役割を果たさせること、そういうことになるな」

非合理的だが納得するしかないのか。

「信仰にはそういう側面もある」

「……だとしたら問題は解決だ。エレマイトはもうタンタと接触できないし、タンタはエレマイトの言葉に少しは心を動かされたようだが、まだ大工になりたいという夢を諦める様子は見られない」

「うん、タンタは自分の夢を叶《かな》える」

ルーティは頷《うなず》いて言った。

「……納得いかないな」

俺はそうつぶやいた。

どうしても腑《ふ》に落ちない。

「でもエレマイトはもう動けないし、エレマイトを助けるような仲間もいないんでしょ？」

「ああ、今分かっている情報を考慮すれば危険はない。『聖者』のスキルで脱出することは不可能だ」

　エレマイトはもう何もできない。

　だから俺達の勝利である。

「勝った気がしないんだ」

　剣で相手を斬った時、手応えが薄かった時のような嫌な感じだ。

　こちらは倒すつもりで剣を振り下ろしたのに、相手を倒せていないと確信してしまう。

　剣士はそういう時、とても嫌な気持ちになるものだ。

「まだ油断はできない」

「そうね、旅行もあと2日。明日のお昼には迎えがくるわ……タンタにとって良い思い出になるよう楽しみつつ、何が起こっても良いよう頑張りましょ！」

　リットはそう力強く言った。

　そうだな、慎重ではあるべきだが、弱気になっていても勝てるわけではない。

　今日の予定はみんなで釣りだ。

　エレマイトによる盗聴の心配はもうないのだから今日は気兼ねなく楽しめる。

　残り2日。明日は帰る日だから朝方海で遊んだら、あとは集落に挨拶して帰ることになる。

しっかり遊べるのは今日が最後。そう思えば時間がもったいなく感じてきた。

今日の釣りに向けて準備をするか！

＊　　＊　　＊

これからやるべきは……。

1、朝食の準備
2、釣りをしながらお昼に食べるお弁当の準備
3、釣りのための餌の準備

「というわけだ、覚悟はいいかな」

「「「「はい！」」」」

俺の前に並んでいるのは、タンタ、ルーティ、ナオ、ミド。

「レッド兄ちゃん！」

「なんだねタンタ隊員」

「レッド隊長！」

俺が言った冗談に、わざわざ呼び直して答えるタンタ。

元気いっぱいだな。

「みんなで分担した方が早く終わらない？」

「うん、良い質問だ」

俺はわざともったいぶって言葉を続ける。

「タンタ隊員の言う通り、チームに分けて分担すれば効率は良いだろう。でも、そうなるとタンタはこの3つの面白い体験のうち1つしかできないことになる」

「あ！」

「自分でメニューを考えてみんなのために朝食を作る楽しさ。お昼にみんなで食べる姿と味を想像しながら作るお弁当」

「楽しそう！」

「海釣り用の餌を作るのも楽しいぞ、魚の気持ちになってどんな餌なら美味《おい》しいと思ってくれるか想像するんだ」

「魚の気持ちなんて分からないよ！」

「島でたくさん泳いだ今のタンタなら分かるはずだ」

「うーん……」

腕を組んで魚の気持ちを想像しているタンタを見て、ナオとミドは微笑《ほほえ》ましそうに笑った。

「そういうわけで、この3つの作業を全員で行う！」

「はーい」

よし作業開始だ。

効率良く作るなら、すべての作業工程を分割して手の空く時間をなくすよう作るべきだとは思うが、今回はタンタにも今何を作っているのか分かりやすいように1つずつ作っていく。

「さて、まずは朝食から作ろう」

今日の朝食は貝とサーモンとココナッツミルクのシチューと焼きマッシュルームだ。

「今日はこうしてキャンプ冒険者流の作り方を見せるか」

「冒険者流？」

俺は保存食のビスケットを取り出す。

硬く焼いたビスケットは冒険者が旅のために用意する一般的な保存食だ。

味は悪くないが毎日食べ続けるのはちょっと辛い。

「もしいい感じの材料を手に入れた時は、このビスケットを上手く使うんだ」

俺はビスケットを細かく砕く。

「見方によってはこいつは塩を含む小麦粉だからな」

碎いたビスケットを鍋に入れてバターと一緒に炒《いた》める。

俺は作業を見せて、タンタにやってもらった。

「へぇ、冒険者ってこうやって料理するんだ！」

「小麦粉を持ち歩くかどうかは冒険者の考え方次第だが、そのまま食べられた方が便利だな。ただ小麦粉は目に見えないモンスターを相手にする時、地面にまいて足跡で居場所を見抜くことに使われるからそのために小分けにして持ち歩く冒険者もいるな」

加護レベルがあがり、便利なマジックアイテムを大量に持ち歩くようになればもっと便利な解決法はあるが、アイテムボックスを持っていない一般的な冒険者は限られた道具でなんとかしないといけない。

小麦粉は保存の利《き》く食料……で終わらないのが冒険者だ。

棒1本から100通りの用途を考えろとか教える冒険者ギルド支部もあるそうだ。

「だがまぁ、その用途ならチョーク粉で良いからな」

「へぇー」

タンタは鍋を必死にかき混ぜながら言った。

頑張っている姿が微笑ましい。

「野菜を炒めてもいいかい？」

「母ちゃん！」

ナオとルーティは野菜のカットが終わったようだ。

俺はナオと入れ替わる形で料理を任せる。

親子2人で並んで料理を作る。

「楽しいね」

ミドが俺の隣に来て言った。

「レッド君、本当にありがとう。この旅行は僕達家族にとって忘れられない思い出になったよ」

「それなら良かった」

ミドにはサーモンを捌《さば》いてもらっていた。

「僕は不器用だから、レッド君みたいな料理上手に見られるのは恥ずかしいな」

「だけど丁寧な仕事だよ、小骨が1つも残っていない」

大工の仕事も丁寧なのだとゴンズが褒めていた。

ゴンズのように才能に恵まれているわけではないが、ミドの仕事をゴンズは信頼しているのだ。

「僕は良い父親かな」

「急にどうしたんだ？」

「僕だけじゃタンタにこんな楽しい思い出を作ってやることはできなかった。大工の技術だって、義兄《にい》さんの方がずっと詳しい。冒険者に挫折して、義兄さんやナオの手助けでなんとかやっている僕が父親でタンタは良かったのかなって」

「楽しい旅行中にそんな寂しいこと考えるなよ」

「あはは……僕はこれから大人になっていくタンタのために何がしてやれるのか、急に不安に思ったんだ」

「父ちゃん！」

タンタがこちらに駆け寄った。

「サーモン持っていくね！」

シチュー作りも後半だな。

あとは最初にビスケットを砕いて炒めたヤツを入れて煮込めば完成だ。

「俺達はマッシュルームを切っておこう」

「そうだね」

俺達はシチューの付け合わせのマッシュルームを切る。

ミドは俺の手元をじっと見た。

「やっぱりレッド君は上手《うま》いね」

「普段から料理しているからね」

俺達はトントンと音を立ててマッシュルームを切っていく。

「タンタは」

俺は口を開いた。

「幸せそうに見える。旅行中だけじゃなくていつでもだ……だからきっとミドは良い父親なんだと思う」

「……うん」

「俺はまだ子供がいないから分からないけれど、俺とリットはミド達みたいな家族を目指しているんだ……俺はミドみたいな父親になりたいんだよ」

「僕みたいな父親にかい？」

「ミドはもう分かってるはずじゃないか？　タンタのスキルをどう取っていくかの話し合いで、タンタが幸せであることが一番重要だって言ってただろう」

俺は自分の切ったマッシュルームと、ミドの切ったそれを並べる。

「料理の本質は食べた人が幸せな気持ちになってくれるかどうかだよ。マッシュルームやサーモンを上手く切れるかなんてただの工程だ」

「タンタが幸せだから僕は良い父親だと言うのかい？」

「ああ、胸を張ってくれ」

「……レッド君は人を励ますのが上手いなぁ」

ミドはそう言って笑った。

笑った声が少し震えていて、鼻をすする音も聞こえた。

これ以上は何も言わないほうが良さそうだな。

マッシュルームを切る作業はすぐに終わるが、その間だけでも俺はミドをそっとしておくことにした。

＊　＊　＊

シチューの仕上げは俺がやる。

これぱかりは料理スキルが影響するので仕方がない。

「「朝ごはん完成！」」

俺とルーティはパチンと手と手を合わせる。

真似《まね》してタンタもナオと手を合わせた。

「さて朝ごはんを食べる前にお弁当の準備を途中まで進めよう」

「途中まで？」

「ああ、今日のお弁当はクレープだ」

「「クレープ！」」

タンタ……よりもルーティの方が目を輝かせている気がする。

「朝食を食べる前に生地を寝かせるところまでは作ろう」

卵、小麦粉、バター、砂糖を用意。

牛乳の方が好みだが島に牛はいないので、ヤギのミルクを使う。

「これを混ぜるだけ、簡単だな」

「今度は普通の小麦粉使うんだね」

「……まぁビスケット砕いてもいいんだが、全員分のクレープに使う量砕くのは面倒くさい」

さっきのはタンタに冒険者のやり方を披露したかっただけだ。

小麦粉があるなら小麦粉を使ったほうが楽に決まっている。

「あはは」

タンタに笑われてしまった。

それからタンタとルーティが中心になって生地を混ぜた。

何かを混ぜるという作業は何故《なぜ》か楽しいものだ。

2人とも楽しそうに9人分のクレープ生地を作っていた。

＊　　＊　　＊

みんなで作った朝食は美味しい。

味だけで言えば俺1人で作ったほうが良いだろうが、みんなで作ったという思い出は料理を美味しく食べる最高の味付けだ。

「これタンタが作ったのか！」

「うん！」

「美味《うま》いなぁ！」

ゴンズはそう言ってタンタの頭をクシャクシャッと撫でた。

俺はサーモンをすくって食べる。

ココナッツミルクの風味とサーモンの食感がとても合う。

「このサーモン、レッドが下ごしらえしたんでしょう？」

ヤランドララが言った。

「どうして？」

「骨がすべて取ってあるわ、普段から料理する人じゃないと中々できないことよ」

「あはは……実は僕なんだ」

ミドが恥ずかしそうに手を上げた。

「ミドだったの！　すごいじゃない！」

ミドは褒められて顔を赤くしている。

「えへん」

タンタは父親を褒められて嬉《うれ》しそうに威張っていた。

やっぱりミドは良い父親だ。

＊　　＊　　＊

朝食を終えて、次はお弁当のクレープ作りだ。

ここからはリットもヤランドララもティセもうげうげさんもゴンズも全員参加だ。

生地を焼いて、そこに好きな具を包んでいく。

生地を焼いて、具材の下ごしらえをするのは俺が担当した。

具は魚介が多いが、ソーセージやスクランブルエッグ、新鮮な島の野菜や果物の他にも、ゾルタンから持ってきたピクルスや砂糖漬けの果物なども用意している。

このやり方なら俺の料理スキルが発動して美味《おい》しいクレープになるはずだ。

あとは楽しく巻くだけだ。

「レタス入れて、ソーセージ入れて、スクランブルエッグ入れて、切り身入れて、エビ入れて……」

「おいおいタンタ、そんなに入れたらはみ出ちまうぜ」

タンタが好きなものを次々にクレープ生地に載せているのを見て、ゴンズが呆れて言った。

こういう好きな具材を入れる料理は子供にウケる。

楽しそうにクレープを包むタンタとそれを楽しく見守るゴンズ達。

「ねぇレッド見て！」

「美味しくできた」

リットとルーティが俺に出来上がったクレープを見せてきた。

その表情は楽しそうだった。

うん、好評なようで提案した俺も嬉しい。

俺も何か包むとするか……カニとか美味しそうだな。

そうしてお弁当を用意したら、最後は釣り餌作りだ。

「材料は再び小麦粉だ」

やっぱり小麦粉は便利だなぁ。

「餌団子を作るんだね」

「お、知っているか」

「ゾルタンで川釣りする時も作るからね！」

タンタがそう言った。

餌団子は一般的な餌だから知られているか。

「『餌団子？』」

リットとルーティが首を傾《かし》げている。

ルーティはともかくリットも知らないとは意外だな。

「私釣りはあんまり詳しくないのよ、でも餌は虫とか小魚を使うものじゃないの？」

「釣りは歴史のある文化だからな、餌も色んなものがあるんだ」

「私はてっきりゴンズと一緒に集めてきたこのカニを使うのかと思ったけど」

リットは布袋に入った小さなカニ達を見せた。

熱湯で処理して、袋ごと絞って水気を切ってある。

「カニも材料だよ、ありがとう集めてきてくれて」

俺達が朝食を作っている間に、リットとゴンズにはこのカニを集めてもらっていた。

「カニを大雑把に砕いてくれないか？」

「了解ー」

その間にニンニクを刻んで、小麦粉と一緒に混ぜる。

「あとはリットのカニを入れて、水を加えてペースト状になれば出来上がり」

「へぇー本当に団子なんだ」

リットは面白そうに言った。

これを丸めて針につけて餌にするのだ。

虫やミミズとどっちが優れた餌かは狙う魚によって違うが、今回は9人で釣りをする。

虫を集めるのも大変だから、一気に量を作れる餌団子の方が良かった。

ゾルタンなら釣り餌を集めているお店もあるのだが、ここは島だしな。

「餌団子に何を入れるかは釣り人によって違うな。色々持っていって魚の様子を見ながらその場で餌団子に混ぜる材料を変えることもある」

「色々あるのね、面白い！」

「今回はすぐに手に入る材料で作ってみたが、釣れなかったらその時はまた考えよう」

餌と仕掛けを考えるのも釣りの楽しみだ。

餌団子はその場で別の具材を混ぜることもできる。

虫やミミズが苦手な人でも使えるし、こういう遊びの釣りにはちょうどいい。

「今回は9人分だ、みんなも手伝ってくれ！」

俺の言葉にタンタ達も餌団子を作り始める。

グニグニとした感触が楽しいのか、タンタは夢中になって餌団子をこねていた。

今回作っていった朝食、お弁当、釣り餌のテーマは作っていて楽しい、だ。

みんなの顔を見ると、どうやら上手《うま》くいったようで嬉しくなる。

「準備ＯＫ！　それじゃあ釣りに行くか！」

全員「おー！」と声を上げた。

今日も楽しい１日にしよう。

＊　　　＊　　　＊

島の東側にある海岸。

海岸線が少し入り組んでいるのは海流の影響だろうか。

「ここは浜辺から離れると急に深くなっているんだ。泳ぐのにはちょっと危険だな」

「でも釣りには良さそうですね」

ティセはどこから持ち出したのか、釣り人《アングラー》の服を着ているしサングラスも掛けている。

うげうげさんも小さなフィッシングキャップを被っているが多分意味は……いやまぁ直射日光を防げるのだから今回の帽子は効果があるのかもしれないな。

ティセとうげうげさんは気合十分だ。

友達と遊びの釣りで集まったら、１人だけガチ装備で来ていた人みたいになっているが、やる気があるのは良いことだ。

「ティセ姉ちゃんすごい！」

「ふっふっふっ、この格好のすごさが分かるとはタンタ君は将来有望です」

ティセとうげうげさんがキラキラしている。

ティセも、目がサングラスで隠れたことで逆に言葉のままの表情をしていると想像できて、その微表情の裏で実はドヤ顔をしているのが伝わってきた。

「よーし、レッド！　勝負だよ！」

「前の釣りでは全然だったけど、今日の私は一味違う」

リットとルーティも張り切っている。

負けていられないな。

*　*　*

「馬鹿な……」

敗北した。それも完膚なきまでに。

「わーい」

ルーティは両手でピースサインを作って喜んでいた。

釣果は数ではルーティが断トツ1位。

大きさではティセが断トツ1位。

俺はどちらも2位だった。

2位だが1位との差は大きく、もしかしたら勝っていたかもなんて言えない差があった。

「こっそり練習していた」

「2人で釣りに行きましたもんね」

ルーティとティセはそう言って喜んでいる。

悔しいが、妹の成長を見るのは嬉しいことだ。

「でもレッドは2位だからいいじゃん」

リットは悔しがっている。

今回リットは上手く釣れていなかった。

俺達だけでなくタンタにも負けて7位。

「やったーリットさんに勝ったー!」

「やったなタンタ!」

「さすが私達の息子だよ!」

タンタを囲んで、タンタ達はとても喜んでいた。

まぁミドとナオはほとんどタンタの手伝いをしていたし、3人でリットに勝ったという感じではある。

でもこれは競技をしているわけではない。

リットも悔しがってみせたほうがタンタ達が盛り上がるだろうと、わざと大げさに悔しがっているのだろう。

リットは優しい女性なのだ。

「レッド！　ゾルタンに帰ったら私達も2人で釣り特訓しよ！」

リットは空色の瞳に闘志を燃やして言った。

うん、多分優しい。

帰ったら今度は2人で釣りに行くか。


そんな話をしてじゃれていると、ゴォォと強い風が吹いた。

帽子を飛ばされそうになったうげうげさんが、慌ててキャッチしていた。

「レッド」

ヤランドララが空を見ながら口を開いた。

「釣りはそろそろお開きにしましょう」

「えー、まだ早いよ！」

タンタが抗議する。

だがヤランドララの言う通りにしたほうが良いだろう。

「ごめんねタンタ、でも嵐が来るの」

ヤランドララの代わりにリットが言った。

俺にはまだ嵐が来るかもしれない予感しかないが、精霊使いの2人にはもう確実に嵐が来る段階にあることが分かるのだろう。

「明日帰ることはできなそうだな」

「うん、とても船は出せないわ」

ヤランドララが答えた。

「強い嵐なのか？」

「外洋航海用の耐波性の高い大型船でもないと無理でしょうね」

昔は船長もやっていたヤランドララが言うのなら間違いないか。

「戻ったらテントも片付けて集落に避難させてもらおう」

「うー、テントも片付けちゃうんだね」

タンタは寂しそうだ。

旅行の日程は延びそうだが、旅行で過ごしたテントが片付けられることは旅行の終わりを否応《いやおう》なしに意識させる。

俺はタンタの頭をなでた。

「来たければまた来ればいいさ」

「……うん」

ここまで旅行するのはちょっとした冒険だが、タンタが『枢機卿《カーディナル》』の加護レベルを上げればゾルタン近隣のモンスターくらいなら追い払えるようになるだろう。

そうすればタンタはいつだってこのパスタフォーク島へ旅行に行けるようになる。

島だけではない。

世界の果ての壁以外ならどこへだって行けるだろう。

自由な子供時代はもうすぐ終わるが、その代わり自由な大人時代がタンタを待っている。

意思を縛られたりしなければ、タンタは自由な人生を歩めるのだ。

＊　　＊　　＊

釣った魚は袋に入れ替え手分けして持つ。

今日の夕飯と明日の朝食に使おう。

……ティセの釣った大物は袋に入るわけがないほど大きすぎるのでティセがロープで縛って背負っている。

……8メートル超のイタチザメなんてどう料理すればいいんだ。

キャンプに戻りテントを片付ける。

設置するのに比べたら片付けるのは早い。

分解して縛ったテントはリットの持っているアイテムボックスにしまった。

終わる時はあっという間だ。

「良い天気じゃねぇか、本当に嵐が来るのか？」

ゴンズが言った。

空は晴れ。だが雲が多い。

「ほら漁船も戻ってきているぞ」

「本当だ」

ゴンズは驚いて目を丸くしている。

俺としては一流の精霊使いだから気がつける予兆に、ただの漁師に気がつける方が驚きなのだが……長年この島と海を知る者だけが感じ取れるモノがあるのかも知れない。

この土地に限れば精霊並の直感が働くとは、人間の能力とはすごいものだ。

「ねぇレッド」

リットが俺のそばに来るとそっと耳打ちした。

「エレマイトはどうする？」

「……放っておくわけにもな」

エレマイトは高レベルの『聖者』で、普通なら嵐程度問題ない。

実際5年間ずっと1人で暮らしてきたわけだし。

「今は小屋から出られないよう縛ってあるし、魔法が使えないよう指を封じてある。魔法専門の加護である『聖者』には厳しい状況だ。念のため様子を見に行った方が良《い》いか」

「誰が行く？」

「俺とリットが良いかな。ルーティは万に1つでも鑑定されたくないし、森の植物と会話できるヤランドララはバックアップに残しておきたい。そしてティセとうげうげさんはゴンズ達の守りに専念している、となると俺とリットで行くのが一番だ」

「了解！」

「集落で話をつけたら、そっと抜け出すか」

もちろんルーティ達には話をしておく。

だがゴンズ達や集落の人達に余計な疑念を抱かせたくない。

嵐が過ぎたら島を離れる。

その時にエレマイトを解放して終わり。

あとは好きに修行してもらえばいい。

＊　＊　＊

「受け入れてもらえて助かったよ」

「いえいえ、こちらから呼びに行こうと思っていたんですよ」

集落にたどり着いた俺達を、集落の人達は温かく迎えてくれた。

「急な嵐ですよ、漁師達も慌てて戻らせました」

集落では嵐への対策として窓を塞いだり、外に出しているものを片付けたりしていた。

対応が早いな、さすが嵐の多い海の民だ。

「預かった魚は任せてください、旨《うま》いもんこさえますよ」

「ありがとう、宴の料理も美味しかったから今日の夕食が楽しみだ」

「こちらこそ、嵐になれば漁にも出られないですから。私達も一緒に食べて良いと言ってくれて助かりました」

今日釣った魚は集落の人達と一緒に食べることにした。

9人で食べるにしても量が多かったからちょうどいい。

ルーティは大きな袋からあふれるほどたくさんの魚を釣っていたし、ティセの釣ったイタチザメは、調理するのも食べるのも大変過ぎると思っていた。

うげうげさんが自分の糸で釣った、とても美味しそうなロブスターも新鮮なうちに食べたかったし、集落で振る舞われることになって助かった。

「何もないところですが、嵐が過ぎ去るまでくつろいでいってください」

この集落に客が泊まれるような宿はないので、村長の家に泊めてもらえることになった。

寝袋を使って床に雑魚寝だが、嵐の中野営するよりずっと良い。

「あの」

「ん？」

タンタが手を上げた。

その表情は真剣だ。

「作っていた船はどうなるの？」

「林の方に移動はしましたが……壊れるかも知れませんね。まぁゾルタンでは仕方のないことですから」

嵐の多いゾルタンでは、作ってきたものが災害で台無しになるのは仕方がないと受け入れている。

ゾルタン人の怠惰な性格は、頑張っても嵐で無駄になってしまうという気候に大きな影響を受けているのだろう。

ゾルタン生まれゾルタン育ちのタンタもそのことは当然知っているはずだが……。

「どうにかならないかな……？」

タンタはそう言った。

悔しそうだった。

「気持ちは嬉しいですが……」

村長は困った様子で後頭部を掻《か》いていた。

どうしようもないと、村長の表情は語っている。

タンタはまだ納得できない様子で、何か方法はないか考えていた。

だが、未来のタンタなら分からないが、少なくとも今のタンタにはどうしようもない。

そんなタンタを見ていたルーティが微笑《ほほえ》む。

「……私がここまで運ぶ」

「ルーティ姉ちゃん!?」

「私ならできる……タンタが手伝った船を嵐から守ろう」

ルーティはそう言って小さく笑った。

「ありがとうルーティ姉ちゃん!!」

「うん」

ルーティなら作りかけの漁船を背負って集落まで運べるだろう。

船を作り始めてから2日。

これくらいの仕事が駄目になっても、集落の人間達は許容範囲だと思うだろう。

だがタンタが手伝った船をルーティは守りたいと思ってくれた。

船を使う当人である村人達は救いを求めていないのだから『勇者』の衝動は関係ない。

少年の思い出を守ろうとするのはルーティの意思だ。

加護ではなくルーティの意思こそが勇者なのだと、俺は嬉しく思った。

「レッド」

「ああ、俺達は今のうちにエレマイトの様子を見てこよう」

漁船のことはルーティに任せ、俺とリットはエレマイトの小屋に向かうことにした。

＊　　＊　　＊

風が強くなり、空が黒い雲に覆われていった。

ここまでくれば俺にもはっきりと確信できる。

嵐はこの島へ急速に近づいていた。

「雨も降り出したか……早く終わらせて戻ろう」

「そうだね」

俺とリットは森の中を駆け抜ける。

リットの『スピリットスカウト』は森を得意地形としている。

生い茂った木々や薮《やぶ》の中を走っても移動速度が落ちることはない。

「見えてきたぞ」

「あれがエレマイトの小屋？　1人で作ったにしてはしっかりした小屋ね」

「高レベルの『聖者』だからな、魔法で丸太を切って組み立てた小屋だと思う」

豪華な屋敷とは言えないが、孤独の修行で一般的に作られる、木の枝を絡めて泥を塗って作ったような小屋よりずっと立派な造りだ。

「柱4本をちゃんと地面に埋めて基礎にしてある。地面の上に丸太を置いただけじゃないから、嵐が来てもある程度耐えられるだろうな」

「これだけ何でもできると、孤独の試練も意味あるのかしら？」

『賢者』アレスと同じように『聖者』エレマイトも法術と秘術の両方を使える。

大抵のことは1人でできるだろう。

俺の友達だったハーフエルフの『賢者』は、魔法で戦場に土の城を作り出していた。

魔法とはそれだけ力のあるものだ。

「あら、いらっしゃい」

小屋に入ると、両目をベルトで覆ったエレマイトは椅子に座ったまま俺達を出迎えた。

「元気そうだな」

「ええ、これもよい修行です」

エレマイトは鎖で繋《つな》がれ、両手を縛られ、指は動かないよう特殊な縛り方で固めてある。

食事をするのにもスプーンは使えず、器《うつわ》から直接食べるしかない。

あまり良い待遇ではないが、『聖者』の魔法を封じるためだ。

「嵐が近づいている」

「そのようですね」

「だから様子を見に来た……窓や扉くらいは塞いでおこうと思うがこういう手助けは問題ないか？」

「ええ、孤独の修行中は私から誰かに依頼することは禁止されていますが、施しを受けることは禁止されていません。あなた達が自主的に申し出てくれて助かりました」

「……それでこの小屋は嵐にも耐えられるんだな」

「はい」

「OK、身動きの取れない『聖者』のため、自主的に嵐対策させてもらうよ」

俺とリットは手早く嵐への準備を終わらせる。

「外の畑が駄目になってしまうのが残念です。もうすぐ美味《おい》しいナスが実るはずだったのに……毎年楽しみにしていたのですよ」

小屋の外には小さな畑があった。

見たところ、野菜はあまり発育が良くなかった。

土が悪いのと、木々に覆われ日当たりも良くないからだろう。

「タンタ君にも食べさせたかったですね」

「孤独の修行をしている聖職者が他人に食事を振る舞っても良いのか？」

「もちろん普通は禁止されています。ですがタンタ君は私と同じ神の側《そば》に仕える者ですから」

「それを決めるのはタンタよ」

エレマイトの言葉を遮るように、リットは鋭く言い放つ。

……嵐への対策はこんなもんでいいだろう。

「これでいいか？」

「ありがとうございます、助かりました」

微笑するエレマイトに見送られ、俺達は外へと出た。

「気に入らない！」

リットが険しい表情で言った。

「あの笑顔は絶対まだ何か企《たくら》んでいる！」

「企みを潰されたやつの顔じゃないよな」

いまだに目的がよく分からないのが厄介だ。

「リット、頼む」

リットは印を組んで召喚魔法を使う。

「了解」

「小さき守り手よ、精霊樹より這《は》い出て我のもとに出《い》でよ……召喚精霊家守《サモンスピリットゲッコー》！」

ポンと小さな精霊渦《せいれいうず》が起こり、小さなヤモリがリットの手のひらの上に現れた。

「見張りよろしくね」

ヤモリは頭を上げペロリと舌を出して応えた。

召喚した精霊獣とのリンクを維持するのには、この小屋と集落では距離が遠すぎる。

召喚した精霊獣を見張りにするメリットは、何か起こった時にリンクを通じて知らせを送らせることだが、それはせいぜい100メートル程度の距離でしか使えない。

だがこのヤモリは特別だ。

尻尾を切るという自傷行為によって、精霊獣の身に大きなダメージを受けた衝撃として術者に警告を伝えることができる。

もちろん戦闘能力は皆無だし、伝えられるのも尻尾を切ったという情報だけだが、精霊獣を維持するのに必要な魔力コストから考えればコスト以上に活躍する優秀な精霊獣だ。

リットの召喚したヤモリはエレマイトの小屋の柱の裏に張り付いた。

あそこなら嵐も大丈夫だろう。

何事もないことを願いながら、俺達は集落へと戻った。

第五章　聖者の誘惑

翌日、朝。
今日は5日目、旅行最終日。
雨と風が家の壁を叩きつける音がする。
外は激しい嵐だ。
これでは迎えの船は来ないだろう。
俺は起き上がると、水と昨日の残りのスープを飲んだ。
スープはすっかり冷めていたが、寝起きの頭がスッキリする。
俺が起きたことで、リット達も起きたようだ。
タンタ達は起こさないよう、みんな静かに身体を起こした。
窓を塞いでいる家の中は真っ暗だ。
時折落ちる雷の光が壁の隙間から漏れるだけ。
「家は大丈夫そうだな」

「はい、これから嵐で倒壊する危険もなさそうです」

ティセの言う通り、家は嵐の中にあってもビクともしない。

「このまま何事もなければいいが」

「そうですね」

「リット、魔力の消耗は大丈夫か？」

「全然平気、あれくらいの精霊獣なら今日1日維持しても余力が残るわ」

「ヤランドララは？」

「嵐の中じゃ植物の力を借りるのは難しいわね。みんな自分のことで手一杯よ」

嵐による騒乱の中じゃ気配を探るのも難しい。

「3日目じゃなく今日初めてエレマイトが仕掛けてきていたら厄介だったかもな」

ただでさえ察知の難しいエレマイトの気配が嵐に紛れたら、ルーティですら接近されるまで気がつけなかったかもしれない。

「あんなのに負けない」

ルーティは憮然《ぶぜん》とした様子で言った。

随分嫌そうだ。

ルーティはどうしてここまでエレマイトを嫌っているのだろうか……そりゃ俺もいけ好かない奴だとは思っているが。

「多分……似ているからだと思う」

ルーティは言った。

似ている……か。

ルーティはそれ以上何も言わず壁の側に座って目を閉じた。

その方が外の気配を探れるからだ。

そうだな、今できることは何もない。

俺達も思い思いの場所に座り、嵐が過ぎ去るのを待つことにした。

＊　　＊　　＊

太陽で時間を計り行動している集落の人々は、窓を閉め切った嵐の日は起きる時間が遅くなるようだ。

起きても外に出ることはできず、漁に使う網を編んだり、服を修繕したりが仕事となるのだが、嵐の日まで気合を入れて働こうとは思わないのだろう。

時刻は9時過ぎだろうか。

部屋は相変わらず暗く、集落の人々はまだ眠っていた。

「レッド……！」

リットが鋭い目をして言った。

「エレマイトに何かあったのか」

「うん、精霊獣から反応があった」

俺は剣を手に取り腰に佩《は》く。

「どうする？」

「俺とリットが行く……それから」

「私が行く」

ルーティが立ち上がった。

「大丈夫か？　エレマイトは〝鑑定〟が使える。ルーティが近づくのはリスクが高いぞ」

「触れられなければ大丈夫。エレマイトじゃ私には触れられない」

そこまで言うのなら……。

「分かった。俺、リット、ルーティの3人で行こう」

俺達はすばやく準備を整える。

音は立てないようにしたつもりだが……。

「レッド兄ちゃん、どこかに行くの？」

眠りが浅くなっていたタンタが起きてしまったようだ。

「ちょっと外の様子を見てくるよ、タンタはそのまま眠っていていい」

「うん……気をつけてねレッド兄ちゃん」

寝ぼけた頭でそれだけ言うと、タンタはまた横になった。

穏やかな寝顔だった。

＊　　＊　　＊

嵐の中では〝雷光の如き脚〟は十分な速度を発揮できない。

1人だったらかなり時間がかかるだろう。

「私達もすぐに追いつくから」

「気をつけてお兄ちゃん」

「ああ……〝雷光の如き脚〟」

俺は走り出す。

身体が軽い、嵐の風をほとんど感じない。

リットの風の魔法《ウインドシールド》が俺の身体を守り、ルーティの強化の魔法《ギフトオブエルクパワー》が足場の悪さをものともしない身体能力を与えてくれている。

嵐の森を駆け抜け、俺はエレマイトの小屋へとたどり着いた。

「これは……!?」

エレマイトの小屋は破壊されていた。

何が起こったのかは一目瞭然だ。

「ギィイィ!!」

「ワイヴァーン！」

ガラスを引っ掻《か》いたような耳ざわりな咆哮《ほうこう》が響く。

エレマイトの小屋を破壊したのは、両翼を大きく広げ牙と爪で襲いかかる飛竜ワイヴァーンだった。

嵐の中休める止まり木としてこの島に降りてきたのだろう。

ついでに餌もつまもうとエレマイトの小屋を襲ったのだ。

「エレマイトは……いた！」

両手を縛られ魔法を使えない状態でありながら、エレマイトはワイヴァーンの攻撃を回避し生き残っていた。

エレマイトが逃げたという報告ではなく、エレマイトの身に異常があったという報告だったか。

俺は剣を抜いた。

エレマイトのために戦うのは正直不本意だが、仕方がない。

「たあああ!!!」

俺は飛び出した。

ワイヴァーンはちょこまかと逃げ回るすばしっこい餌より、自分から突っ込んでくる餌の方が良いと考えたようだ。

長い首を俺へと向けながら、牙の並んだ口を大きく開け襲いかかってきた。

牙を躱《かわ》しながら、まずは左翼を斬り落とす。

ワイヴァーンは痛みで咆哮した。

顔を上げてあらわになった首に一太刀。

ガクンとワイヴァーンの身体が下がる。

背中へと駆け上がり、骨の隙間から心臓を一突き。

突き刺さった剣を引き抜き、斬られた左翼側へと飛び降りる。

万が一余力が残っていても、斬られた翼では俺を攻撃することはできない。

「ギ、ギギ……」

ワイヴァーンはうめき声を吐き出すと、そのまま大きな音を立てて倒れた。

「ありがとうございます、助かりました」

エレマイトだ。

俺は剣を納めてから肩をすくめる。

「嘘《うそ》つけ、余力があったように見えたぞ」

「いえいえ、逃げ回るのに必死でしたよ」

俺の見たところ、エレマイトは攻撃手段がなかっただけで、ワイヴァーンの攻撃に当たる様子は皆無だった。

「レッド！」

「お兄ちゃん！」

ルーティ達も到着したようだ。

倒れているワイヴァーンを見て、2人とも何が起きたのかすぐに理解した様子だ。

「なんだ、大したことじゃなかったのね」

リットはふぅとため息を漏らした。

「もちろん、あなたは良くやってくれたわ、ありがとうね」

リットは足元にいたヤモリを持ち上げると指先から魔力を渡した。

ヤモリの尻尾が生え……嬉《うれ》しそうに頭を振った。

「てっきりエレマイトが何か悪いことをしようとしていたのかと思ったわ」

「失礼な方ですね、私の行動はすべて善と愛のためのものです」

リットは露骨に嫌な顔をしている。

多分俺の表情も似たようなものだろう。

「さてどうしたもんか」

俺は完全に破壊されてしまったエレマイトの小屋を見て言った。

これじゃあエレマイトをここに放置するわけにはいかない。

かといって魔法を使えるようにするのは危険だ。

「集落に連れて帰るしかないの？」

「……そういうことになるか」

できれば避けたいが……。

「大丈夫」

それまで黙っていたルーティが口を開いた。

背中に背負ったゴブリンブレードを抜くと、力を込めて振り抜いた。

斬撃で地面が揺れた。

「……これは」

エレマイトが絶句している。

ルーティの剣によって地面がえぐれ、人が暮らすのに十分な深さの横穴ができてしまった。

「これで嵐はしのげる」

「ええ、よくぞ私の意を汲《く》み取ってくださいました。孤独の修行をしている私が集落に行くことはできません、ありがとうございます」

「そう」

ルーティはエレマイトの言葉に気のない返事をすると、エレマイトの足の鎖を近くの岩に打ち付けた。

もとは小屋の柱に繋《つな》いでいたのだが、ワイヴァーンに小屋が壊されてしまって自由になっていたのだ。

「帰ろう」

もう終わりだとルーティは背を向けた。

それから空を見た。

近くに雷が落ちて大きな音がした。

「ワイヴァーン……！」

雷光に翼を持った大きな影が映った。

「もう1体いたのか！」

「あっちは集落の方よね！」

今倒したワイヴァーンの仲間だろうか。

ワイヴァーンは嵐の風に揺れながら集落の方へと降下していた。

「……大丈夫だ、集落にはティセとヤランドララがいる」

ルーティが言った。

その通りだ、2人なら集落に犠牲を出さずワイヴァーンを倒せるだろう。

それでもここでのんびりしている理由はない。

「早く戻ろう」

俺の言葉にリットとルーティはうなずいた。

エレマイトは微笑《ほほえ》むと、大人しくルーティの作った穴の中へと入っていった。

*　*　*

なぜエレマイトの微笑みが崩れないのか……それはすでに自分が神から与えられた役割を果たしていたからだ。

レッド達がエレマイトの小屋でワイヴァーンを目撃した同時刻、集落。

ワイヴァーンの接近を察知したヤランドララは迎撃に向かった。

ティセはエレマイトの魔法に警戒しつつ、ヤランドララのフォローのため見晴らしの良い屋根の上に登った。

どちらも状況変化にも対応できるベストな行動だった。

集落の中で何か起こったとしてもヤランドララもティセもすぐに移動できるはずだった。

だが今回は事情が違った。

「ああっ!!」

悲痛な叫び声が嵐に負けじと村に響いた。

若い夫婦が住む家がメキメキと音を立てている。

「逃げろ!!」

誰かが叫んだが、中の人間が飛び出すには時間が足りなかった。

強い風が雨とともに吹き付け、外に出ていた漁師が転んでゴロゴロと地面を転がった。

同時に家が崩れた。

家が倒れる激しい音、悲鳴、静寂。

他の家の中にいた人々が慌てて出てきて……その中にはタンタ達もいた。

集落の人々はすぐさま助けに向かった。

ヤランドララとワイヴァーンの戦いの音は嵐に紛れ、集落の人々は気がついていない。

瓦礫《がれき》の下敷きになった夫婦と幼い子供は生きていた。

血を流し意識もなかったが呼吸はしていた。

屋根から見ていたティセがすぐに動かなかったのは、3人の怪我《けが》が命に関わるものではないと判断したからだ。

ヤランドララがワイヴァーンを倒してから治療に向かえば十分間に合う。それよりもこの倒壊にエレマイトの魔法が関わっていないかどうかきちんと調べることを優先した。

ティセの意識を逸《そ》らすことが目的の可能性もある。
エレマイトによる魔法はなかったが、ティセの判断は間違ってはいない。
だが、想定していない事態が起きた。
「どうしよう……！」
タンタがそう言った。
目の前には怪我した人が倒れている。
彼らはタンタにも優しくしてくれた良い人達だった。
「レッド兄ちゃんは!?」
いつも薬で助けてくれるレッドはいない。
「おい！　こいつを動かすぞ！」
ゴンズとミドが瓦礫をどかしている。
頼れる大人だが、２人には傷を治す力はない。
これまでのタンタならレッド達を探していただろう。
そうすればすぐにヤランドララと合流できて村人を助けることができただろう。
それで終わるはずだった。
だが今のタンタには彼らを救える力がある。
(加護に触れて……うん、よし)

タンタは法術にすべてのスキルポイントを振った。

頭の中に魔法の知識が浮かび上がってくる奇妙な感覚にクラクラしながらも、タンタは早速治癒の法術魔法を使う。

「ハイキュア！」

まず怪我した子供が光に包まれる。

過剰な光は魔力が無駄に消費されているということなのだが、暗い嵐の日に法術の輝きは集落の人々の心に強い印象を与えた。

子供の傷がみるみるうちに塞がり、光が消えた時には痛みで苦しんでいた子供の顔がすっかり穏やかなものへとなっていた。

「タ、タンタ……？」

タンタは驚いているゴンズに構う余裕もなく、夫婦の怪我も治療していった。

初めての魔法の行使。

魔力が枯渇しかけるというのも初めての体験だった。

怪我人達がみんな元気になったのを確認した瞬間、身体を強烈な倦怠感《けんたいかん》が襲いタンタは倒れた。

「タンタ!!」

「大丈夫……なんだか疲れただけだよ」

タンタと元怪我人達が村長の家へと運ばれていくのを見ながら、ティセは今起きたことの意味を考えていた。

（魔法の気配はなかった……でも今の出来事は偶然？　いや違う……）

ワイヴァーンを倒したヤランドララが戻ってきた。

すぐにタンタが運び込まれた家に走っている。

（エレマイトの行動はこの瞬間に向けてのものだったとすれば……）

ティセは暗殺者だ。

だから効率的に行動するということが身についている。

仮にエレマイトの行動の目的がこの瞬間にあるとしたら、それはあまりに非効率的で不確定要素が多すぎる。

（でも、それは人間の視点から見たもの）

人間以上の存在の視点から見れば、これがもっとも確実な方法であったと、そう考えられるのではないか。

うげうげさんがティセの指に触れた。

「……ありがとう、うげうげさん」

ティセは自分が拳を握りしめていたことに気がついた。

ゆっくり力を抜いて、息を吐く。

緊張するのはまだ早い。

＊　　＊　　＊

俺とルーティとリットがエレマイトの小屋で起こった騒動を処理してから集落に戻るまでの時間は15分程度だった。

だがその間に事件が起きたことは、ティセとヤランドラが教えてくれた。

家の中で眠るタンタのそばに座り様子を診《み》る。

「レッド……タンタは大丈夫なのか？」

心配そうなゴンズを安心させるため、俺は笑って答える。

「ただの魔力枯渇による消耗だな、それほど深刻ではない。練習もなしに魔法を使ったから、身体が魔力を使うという行動への準備ができていなかったんだ」

俺はタンタの銀色の髪を優しく撫《な》でる。

「あと10分待てば起こせると思うが、疲れただろうし休ませても良《い》いだろう」

「そうか！　だったら寝かせてやってくれ」

ゴンズはホッとした様子で姿勢を崩した。

「怪我人の方は大丈夫なのか？」

「ああ、タンタの魔法は傷を完全に塞いだよ、痕も残らないだろう」

「大したもんだよな、まさかタンタにこんなことができるなんて……」

「ああ、タンタは優しい子だ。それにこれからもっと色んなことをできるようになる……が」

俺はゴンズの表情を見た。

僅かではあるが、そこにはすでに強力な魔法を使えるタンタへの引け目がある。

『職人』の加護は大工に最適だが、タンタはすでに『職人』にはない力を持っているのだ。

俺はゴンズの肩に手を置いた。

「タンタにとって俺達は頼れる大人なんだ、今後もそうであるようお互い頑張らないとな」

「おう」

俺の気持ちはゴンズに伝わったようだ。

ゴンズは力強い声でうなずいた。

「そうだ、ゴンズとミドに見てほしいものがあるんだ」

「うん？　見てほしいものって？」

「まだ外は嵐なのに悪いんだが、倒壊した家の柱に気になることがあってね。腕の良い大工の２人に見てほしい」

「……分かった、準備するからちぃと待っててくれ」

＊　　＊　　＊

俺とリット、ゴンズ、ミドの4人はコートを着て外に出た。

嵐はさらに強くなっている。

「でももうすぐピークね、明日の朝には通り過ぎるわ」

リットが空の精霊の様子を見ながら言った。

俺には見えない世界だから分からないが、リットが言うのなら間違いないのだろう。

「それなら明日には迎えが来るか？」

ゴンズが言った。

「来るのは明後日《あさって》になると思う。天気が良くなっても波が荒れることがあるから、ゾルタンの船乗りなら日程をずらすだろう」

「明日も島でのんびりできるか」

仕事の予定もあるだろうに、仕方ないと笑えるのがゾルタン人か。

そんな話をしているうちに倒壊した家にたどり着いた。

「風で飛んだ瓦礫に当たらないよう気をつけて」

「リットさんの魔法がなければ近づこうと思わねぇな」

俺達の身体はリットの魔法で守られている。

小さな瓦礫程度なら弾《はじ》き返すだろう。

「これだ」

俺は折れた柱を指さした。

ゴンズとミドは柱に顔を近づけ、指で触れる。

「こいつは……」

「大工の目から見て、自然に壊れたものだと思うか？」

「いや、腐食の仕方が不自然だな……普通はこうはならねぇ」

「僕もそう思う、こんな狭い範囲だけ傷むのは、この一部分だけ長期間水没していたとかでもないと」

「もしくはここだけ時間が経《た》つのが早かったかだな」

ゴンズとミドはそう言った。

なるほど、やはりか。

「ありがとう、これではっきりしたよ」

あいつ、何が孤独の修行だ！

この集落に忍び込んで家の柱に細工をしていたんじゃないか！

死人がでなかったから良かったものの、天井の梁《はり》の下敷きになっていたら死んでいた可能性も高かった。

ますます嫌いになりそうだ。

「なぁレッド、つまりこれって誰かが仕掛けたってことになるよな」

「ああ……証拠はないが……エレマイトには注意してくれ」

「あの苦行僧か！」

だがいつ細工をした？

老鉱竜気象台《ろうこうりゆうきしようだい》の予報では嵐は来ないとなっていたし、ヤランドララですら嵐が来ると察知したのは4日目だった。

3日目の時点でエレマイトを捕らえていたのだから、嵐が来るのを嵐が生まれる前に知っていないと時系列が合わない。

「レッド、どういうことなの？」

リットも同じことに気がついているようで、険しい顔で考えていた。

＊　＊　＊

その後は全員家の中で大人しくしていた。

タンタは1時間後に目を覚まし、集落の人々からとても感謝されていた。

俺やヤランドララのような英雄ではなく、一緒に漁船を作った子供のタンタが怪我した人を救ったということがより集落の人達の感情を動かしたようだ。

父親であるミドよりも年上の男から、手を取ってお礼を言われるというのはこれまでのタンタの人生ではありえなかった体験だろう。

タンタは驚きと照れで顔を赤くしながら、集落の人達からの賞賛を受け入れていた。

やがて昼になり集落の人々は、昼食の準備に向かった。

外は相変わらず嵐でどこにも出歩けないが、それでも人間はお腹《なか》が減る。

今日は魚のステーキとココナッツスープが振る舞われるようだ。

島の料理は魚油が使われるので癖があるのだが、タンタ達も気に入っているようだった。

「タンタお兄ちゃん」

「デニス、どうしたの？」

デニスと呼ばれた少年はタンタのすぐ近くに座った。

歳《とし》はタンタより3つくらい下だろう。

「タンタお兄ちゃんの加護って『僧侶』？」

「え、う、ううん、違うよ……」

タンタは言いよどむ。

もしタンタが自分の加護のことを言いそうになったらフォローできるよう、俺は聞き耳を立てた。

「そうなんだ……僕ね、『僧侶』なの」

「もう加護に触れてるの？」

「ううん、まだ自覚だけなの。自覚のままもう1年の半分も過ぎちゃった」

どうやら少年はタンタに加護のことを相談しに来たようだ。

タンタが実はほんの数日前に自覚を飛ばして加護に触れたばかりだとは想像もしていないようだ。

『僧侶』の加護なら法術魔法ハイキュアを使えるようになるまで最短でも加護レベルが4必要だ。

少年にはタンタが加護を使いこなす大人に見えるのだろうな。

「ねぇ、タンタお兄ちゃんはゾルタン教会にいるの？　僕のことも連れてってほしいな！」

「ええっ!?　俺教会の人じゃないよ!!」

「でもタンタお兄ちゃんって『僧侶』よりすごい僧侶の加護なんでしょ？」

「でも……デニスはなんで島を離れたいの？」

「だって僕は『僧侶』だもん」

『僧侶』の加護を与えられたから僧侶になる。

それは、この世界では一般的な考え方だ。

「デニスはやりたいことってないの？」

「よく分かんない……けど僕、タンタお兄ちゃんみたいになりたい！　だからゾルタンの教会で勉強して立派な僧侶になりたい！」

少年は屈託のない笑顔でそう言った。

タンタはどう答えて良いのか分からない様子だ。

「そうか、えらいな」

俺はフォローに入ることにした。

「でもまずは加護に触れることだ、それまでは親と一緒に暮らしたほうがいい」

「え、でも、全然加護に触れられないし……」

「焦る必要はないさ。タンタだって君よりお兄ちゃんだけど、ついこの間加護に触れたばかりなんだぞ？」

「本当!?」

「う、うん、この島に来て加護に触れられたんだ」

「この島で!?」

少年は驚いて声を上げた。

タンタは少し恥ずかしそうだ。

「タンタだってそうなんだから、君もまだ今は子供としてこの島で家族と過ごすべきだ。それに加護に触れて教会に行ったら、もう自由に友達と遊ぶこともできないぞ」

「えー！　それやだー！」

「ふふ、今はそれでいいんだ。焦ることなく友達と遊んでいい……今しかできない、遊びからしか得られない経験もあるだろう。それが僧侶になってから役に立つこともある」

「そっかー……分かった！　ありがとう！」

俺にお礼を言ってから、少年はタンタへと向き直る。

「タンタお兄ちゃんもありがとうね！」

「う、うん」

タンタはまだ困っているようだった。

怪我した人を助けるためがむしゃらにやったことが、他の子供の人生を導いてしまった。その責任に困惑しているのだろう。

「分かるよ」

俺はタンタの頭を撫《な》でて言った。

「レッド兄ちゃんはいつもこんな気持ちを託されていたんだね」

「タンタも大人になっていくな」

「大人なのかな？」

俺はタンタの隣に座った。
俺達は何も語らず、ただ隣にいるだけ。
それで言葉より分かり合えるものがある。

＊　　＊　　＊

昼食の分厚い魚のステーキを食べる。
身の引き締まったマハタモドキを使っていて、脂が少なく上品な味だ。
その上品さを魚油の風味が大雑把《おおざっぱ》な方向に引っ張っている。
ずば抜けたご馳走《ちそう》ではないが、たまに食べたくなる美味しさがある。
「賞賛か」
人々の輪から少し離れたところに座って食べている俺は、小声でそうつぶやいた。
タンタは加護の力を使い、その行為を賞賛された。
「加護の役割に従った行動で賞賛されることは、加護が強い快感を与えてくる」
昼食の器《うつわ》を持ったルーティが言った。
ルーティは俺の隣に座った。
テーブルはないので、器は床において食べる。

「エレマイトの目的はこの賞賛だった」

「……まさか」

ルーティの言葉に、俺は首を振った。

「高レベルの『聖者』を使ってやることが、タンタに加護の役割を果たすことへの賞賛を与えること？　それで加護の道へ引き込むつもりか？」

あまりに理不尽だ。

自分の命を危険にさらしてまで、たった1人の少年の生き方を神と加護の望む道に歪《ゆが》ませるのが世界有数の力のある聖者《おとな》のすることか。

「でもそれがきっと神様の視点」

ルーティが自分の両手を見ながら言った。

「『聖者』が新しい『枢機卿《カーディナル》』を導くこと自体に意味がある。加護の役割を果たさせることが重要で、エレマイトがこの島にいた5年の間、彼女の力があればどれだけの命を救えたかなんてことに価値はない……それが神様の価値観」

「ルーティ……」

「私は『勇者』だから分かる。『勇者』によって人々が救われることは神様の望みじゃない。人々を救った『勇者』が必要だった。『勇者』にとって人々とは……初代勇者の魂を再現するための生贄《いけにえ》」

ルーティの表情の中に怒りがあった。

赤い瞳に強い意志が宿っている。

「だから私はエレマイトには負けられなかった。『勇者』としてタンタから自分の人生を生きる権利を奪わせはしない」

ルーティは小さい声で、だが決意を込めてそう言った。

嵐は明日には過ぎ去るだろう。

「決着は明日」

「ああ」

＊　＊　＊

翌日。

朝起きると、空には雲1つない青空が広がっていた。

集落の人々は、倒壊した家や嵐で散らかったゴミの片付けに忙しそうだ。

漁師達は海に出ていった。

嵐の後の海は荒れているが大漁になるらしい。

漁師達は全員気合を入れて船を出していた。

「俺達は元の浜辺に戻ろう、ここにいても邪魔になる」

「そうだね」

俺とリットはそう言葉をかわし、村長にお礼を言うと浜辺へと移動した。

ルーティが運んできた作りかけの漁船も忘れず元の浜辺に戻しておいた。

砂浜に描いてあった図面は消えていたが、本当の図面は集落の人々の頭の中にあるのだから大丈夫だろう。

「またテントを立てるなんて変な感じ！」

タンタははしゃぎながらゴンズがテントを組み立てるのを手伝っていた。

終わったはずの旅行の延長戦。

海は荒れているから泳げないが、砂浜で遊ぶことはできる。

「リット、そっちを持ってくれ」

「了解ー」

俺達もテントを組み立てる。

嵐を避けて休んでいた鳥達が、「ガアガア」と喜びの鳴き声を上げながら青空へと飛んでいった。

くるりとターンして戻ってきた1羽のカモメが、俺達がテントを組み立てる様子を不思議そうに眺めている。

嵐の去った後の気持ちの良い日だ。

「レッド兄ちゃん！」

タンタが叫んだ。

声のした方を見てみると、タンタが錆《さび》だらけの鎖を拾っていた。

「これ何!?」

「嵐で運ばれてきたようだな」

タンタは鎖を持って俺とリットのところまで走ってきた。

「なんだか軽いんだ！」

「ふむ？」

俺はタンタから鎖を受け取る。

普通の重さに感じるが……。

「これは法術の杖《つえ》か！」

俺は驚いて声を上げた。

「杖？　これ鎖だよ？」

タンタが首を傾《かし》げる。

無理もない、だがこれは法術の杖と呼ばれるマジックアイテムの一種だ。

「これは魔法使いの杖の僧侶版よ」

リットが鎖を手に取る。

「これを手にして法術を使えば発動を補助して失敗しにくくなるし、魔力の消費も少なくなる。最初のうちはこれを使って魔法の感覚を身に付けていけばいいわ」

「ええ⁉」

「それとこの鎖は法術を使える者には重さが半分になって、5倍の太さの鎖と同じ強度がある。そして、この鎖を法術の使い手が1日身に着けていれば、コマンドワードを唱えるだけで手元に戻ってくるようになる」

鎖やロープは悪魔を縛るものとして神聖視されることがある。

法術の杖の一種として鎖が作られているのも、その思想に基づくものだろう。

「すごい‼　でもどうしてそんなすごいものが浜辺に？」

「昔海に落ちたものが、嵐で海底から引っ張り上げられてきたんだろう。海は色んなものが漂っているからな」

デミス神から駆け出しの『枢機卿《カーディナル》』への贈り物というところか。

「これ俺がもらってもいいの⁉　大工の道具として使ったらすごく役に立ちそう！」

「そうだな、頑丈で、タンタが声をかけたら勝手に解《ほど》けてタンタの手元に戻る。とても便利な大工道具だ」

だが神からの贈り物はタンタの夢のために使われる。

それでいいだろう？

どんな贈り物を受け取ったとしても、それをどう使うかはタンタの自由だ。

「お兄ちゃん」

「レッドさん」

ルーティとティセが林の方角、島の奥をにらみながら声を発した。

「来たか」

「うん、エレマイトだね」

俺とリットも立ち上がる。

エレマイトが来る。

＊　＊　＊

ジャラジャラと音が近づいてくる。

エレマイトが鎖を引きずっている音だ。

「魔法なしでルーティが岩に打ち付けた鎖を外したんだな」

「こちらから行く手間が省けた」

俺達の先頭にルーティが立つ。

俺とリットはその後ろ。

ヤランドララが後衛。

ティセは離れたところに隠れている。

「来た」

ルーティが言った。

森の茂みの中から両手を縛られたままのエレマイトが現れた。

「こんにちは、タンタ君を迎えに来ました」

「タンタは明日ゾルタンに帰るんだ、連れては行かせないぞ」

エレマイトは口を横に細く引き伸ばして笑う。

「タンタ君は神の愛を知ったはずです。あの子はあなた達とは違う……私と同じ神に選ばれし者です」

「神に選ばれし者ね」

「ある意味ではあなたもそうなのでしょう、レッドさん」

俺の加護は〝鑑定〟されている。

『導き手』は『勇者』の旅立ちを守るためだけに存在する加護。

それが役割であり生きる意味のすべてだ。

「いや俺の人生はすべて俺が選んだ結果だ、デミス神の意思なんて関係ない」

俺はルーティを守るために戦ったが、それは『導き手』の衝動に従ったからではない。

もし俺がただ『導き手』の役割を果たすだけの弱い男なら、とっくの昔に命を落としていただろう。

『導き手』は最初から強い。だから『勇者』の側《そば》を離れず守る。

その道を選んでいたら、俺は加護レベルの差だけで戦うようになっていただろう。

それでは本当に強い敵には勝てない……それが『導き手』の本当の役割だ。

「やはり弱い加護を与えられた者には理解できませんか」

「〝鑑定〟だと俺の加護はそう見えるらしいな」

アレスもそうだった。

俺の加護は〝鑑定〟すると無価値なものに映るらしい。

「私達はタンタを渡さない……それであなたはどうするつもり？」

ルーティが剣を突きつけた。

お互いの距離はまだ100歩ほどある。

「『聖者』として多少の格闘はできますが、魔法を封じられた私ではタンタ君をあなた達から救い出すことができませんね」

救い出すか……嫌味《いやみ》ではなくエレマイトはそう信じ切っているようだ。

「だったら話し合いでもするか？」

「いえ、私の役割はタンタ君を導くこと。あなた達のような不心得者と話し合うことなどありません」

「はは、ずっと笑っていると思っていたが、縛られ続けていることにはムカついていたんじゃないか」

俺は笑って言葉を続ける。

「これまでの行動は〝預言〟のスキルによるものだったんだろ？　だから俺達にムカついても大人しく捕らえられていたんだ」

「〝預言〟について知っているとは……教会の機密外典にしか書かれていないはずですが、『聖者』の友人でもいたのですか？」

俺は騎士団副団長時代に、権力を使ってアヴァロニア大聖堂の書庫に入る許可をもらっていた。

ルーティを『勇者』から解放する手段を求めてだが、そこで『聖者』のスキルについても読む機会があった。

ただ読んだところで効果がよく分からなかったのだが……今のは半分はったりも含んでいる。

「デミス神の言葉を聞き、自分のなすべきことを知る〝預言〟。全知全能の至高神デミス様が導いてくださるのですから、〝預言〟を守りさえすれば必ず成功する。『聖者』にのみ許された究極のスキルです」

「それでずっと我慢してたのか、『聖者』は大変だな」

そう俺が挑発すると、エレマイトの頬がピクリと引きつった。

「怒ったか？　孤独の修行で駆け引きが下手《へた》になってるんじゃないか？」

「駆け引きなどするつもりはありません」

うーん、最近厄介な敵が多かったからこういう安い挑発に乗ってくれる敵は新鮮だな！

「で、魔法も使えないし駆け引きもできないあんたがどうやって戦う？」

「もちろん、〝預言〟の通りです」

エレマイトは懐から真っ赤なオーブを取り出した。

「魔法を使えなくとも、『聖者』は偉大な加護だということを示しましょう」

「あれは……！」

魔王軍との戦争で教会の人間が使ったのを見たことがある。

高レベルかつ上級聖職者系加護にのみ使えるマジックアイテム。

「シェイプオブナーガラジャ！」

「魔獣変身の宝珠なんて持ち出してきたのか!!」

エレマイトの身体が七頭の大蛇へと変化する。

動物変身の魔法は現代でもよく使われる。

嵐の時、ルーティが俺にかけてくれた強化魔法の〝ギフトオブエルクパワー〟も大鹿《エルク》の身体能力を与える変身魔法の一種だ。

パワー系では身体能力に影響があるだけで姿は変わらないが、シェイプ系はあの通り完全に変身する。

「魔獣変身なんて初めて見た」

リットが驚いて言った。

「動物変身と違って、魔獣変身は先代魔王の時代に失われた魔法だ。当時作られた宝珠に封じられた魔法という形でしか残っていない……そんな貴重なものをこんなことに使いやがって！」

魔王軍との戦争でも勿体《もったい》ぶってギリギリまで使ってもらえず苦労したのに！

当時の苦労を思い出して、思わず口が悪くなってしまう。

「これなら魔法は関係ない！　タンタ君を渡さないなら、このまま噛《か》み砕《くだ》いてやる！」

エレマイトは真っ赤な口を開き鋭い牙を見せつける。

「やってみて」

ルーティがそう言った瞬間、エレマイトの首が伸びてルーティのいた場所に振り下ろされる。

「速い！」

そう叫んだのはヤランドララだ。

エレマイトほどの加護レベルの高い者が、1国を滅ぼすほどの大魔獣に変身したのだ。

その力は強大。

俺が単独で戦うなら、変身が切れるのを待つ戦い方をするだろう。

だが……エレマイトに剣を向けたのはルーティだ。

しかもタンタを守るために自ら戦おうというルーティなのだ。

「ギャアアアア!!!」

すでに七頭のうち3つが飛んでいた。

『聖者』も偉大な加護なのだろうが、『勇者』は格が違う。

エレマイトは身をくねらせ、何が起こったのか理解しようとしている……が、遅い。

「アアアアア!?!?!?」

また3つ頭が落ちた。

圧倒的だった。

ルーティはエレマイトに触れられないよう戦うという制限があったのにもかかわらず、エレマイトは自分がどうやって敗北したのかすら見えていなかった。

残った頭は1つ。

あれを潰されれば、大魔獣ナーガラジャといえども死ぬ。

「なぜ!? 〝預言〟の通りに行動したのに!!」

もうエレマイトに余裕はない。

これまでの余裕は〝預言〟の通りに進んでいるという安心からくるものだった。

それが崩れたのだ。

『聖者』という加護とデミス神という全知全能への信仰。

〝預言〟が実現しなかったということはその2つの拠《よ》り所が崩れたということだ。

「神様は全知全能ではない」

ルーティがエレマイトを見下ろして言った。

「その発言は異端です!」

「事実を言っているだけ。神様は世界中を見渡せるし自然現象がどのように起こるか理解している。それに加えて加護があるから、人間がどう動くかも分かる。預言とはその力で未来を計算しているだけ……神様に人の意思は操れない」

これは俺とルーティがデミス神について話し合って出した結論だ。

デミス神は次元の違う力を持つが、この世界に住む者達の意思を直接変えることはできない。

おそらく、この意思こそがデミス神が欲しがっている魂を生み出す源なのだ。

だからデミス神は加護を作った。

意思を奪うのではなく、自由意思のまま生き方を役割で強制するために。

「デミス神にできないことがあるはずがありません！」

「ある」

ルーティは即答した。

あまりに迷いなくはっきり言われたので、エレマイトは何も言い返せず絶句している。

「ティセ」

「はい」

隠れていたティセが出てきた。

その隣にはタンタも一緒だ。

「タンタ君！」

エレマイトが叫んだ。

蛇の頭を震えながら持ち上げ、金色の瞳でタンタを見る。

「そんな顔をしていたんですね、利発そうな顔です……聖職者に相応《ふさわ》しい顔です」

「エレマイトさん……」

タンタは怯《おび》えて一歩後ずさった。

だがそこで踏みとどまっているのは大したものだ。

「エレマイト」

ルーティが剣でエレマイトの動きを制しながら言った。

「あなたに勝利したと言うためにはどうすればいいか考えていた」

ルーティはエレマイトを真《ま》っ直《す》ぐ見据えている。

エレマイトは無視してタンタに話しかけていた。

「タンタ君、集落の人を救った時、神の愛を感じたでしょう？　あの喜びこそが私達の生きる意味、唯一無二にして金剛喜《こんごうき》、神に選ばれた特別な加護を持つ者だけが達し得る幸福です」

「……俺」

「さあ言葉にしてください！　あなたが神の愛を受け入れたいと言ってくれるのなら、私はあなたの道をこの生命《いのち》に代えてでも守りましょう！　さあ！　さあ！」

タンタは怯えた表情でルーティを見た。

ルーティは微笑《ほほえ》みながらうなずく。

「タンタの思ったことを言えば良い……昨日の嵐の日、集落の人を助けた時何を思っていた？」

「うん……俺は」

タンタはエレマイトの目を見て言葉を続けた。

それはエレマイトに挑戦するような目ではない、ただ自分の思ったことを伝えようとする純粋な目だった。

「いつかここに嵐に負けない家を作りたいって思ってた」

「は？」

「家が原因で住民が怪我しちゃったのがすごく悔しくて、俺が大工になったら住んでる人が幸せになる家を絶対作ってやるって、そう思ってた」

「……馬鹿な、そんなはずは」

エレマイトは信じられない様子で固まっている。

〝預言〟はタンタを『枢機卿《カーディナル》』の道へ引き込むことだった。

エレマイトは〝預言〟通りに、タンタに接触し、タンタに最高の状況で加護の役割を果たすという経験を与えた。

だがタンタは加護に屈しなかった。

「タンタ君！　この人達に言わされているんでしょう⁉　あなたは選ばれし者、神に愛されし者なのです！」

神の愛はすべての人間に与えられるものであるというのが教会の考え方なのに、動揺したエレマイトはそう言ってしまった。

あれが本心なのだろう。

『聖者』という特別な加護を持っているというのが、彼女が聖者であろうとする理由なのだ……あぁそうか。

こいつはアレスに似ているのだ。

だからルーティとヤランドララはあんなに警戒していたんだ。

「違うよ」

タンタは首を横に振った。

「俺はずっと、ゴンズおじちゃんや父ちゃんのような大工になりたかったんだ。レッド兄ちゃん達と会う前からずっと」

「でもあなたは加護に触れた！」

「そんなこと言われても知らないよ！」

はっきりとした拒絶。

〝預言〟は成就しなかった。

「神様に人の意思は操れない……これで分かった？」

ルーティが言い放つ。

エレマイトを捕らえた時から、ルーティはエレマイトがタンタに加護の役割を果たさせる企《たくら》みをしていたことを分かっていたようだ。

ルーティはあえて〝預言〟を防がなかった。

「この島で何が起きようとも、タンタがこれまでゴンズやミドと過ごしてきた時間をなか

ったことにはできない。タンタを攫《さら》う可能性だけは注意していたけれど、それ以外ならタンタは神様に勝つと確信していた」

「こんな子供が〝預言〟を覆すなんてあるはずがない……」

「タンタは特別な子供。それは加護の種類なんかではない、夢を叶《かな》えるという強い意志を持っていること」

加護のように神から与えられ、努力ではどうにもならないものではない。

絶対に夢を叶えるという意志は、誰もが持つ可能性のある特別だ。

加護は役割を果たすことで幸福感を与える。

だが夢はそうではない。

幸福も不幸も、すべて自分の心から生まれるものだ。

神のせいにはできない、自分だけの道だ。

「エレマイト……神様が与えた幸福でも苦痛でも、本当に強い人の意志は縛れない」

「人の意志なんかに神の愛が負けるはずがない……」

「タンタの人生はタンタのもの。あなたは塞いでいたその目で見た」

エレマイトの身体が元の姿へと戻っていく。

倒れたまま両手で見えない目を塞ぐ。

「神よ……！」

自分の見た光景から逃れるように、エレマイトはうずくまって世界から目を背けていた。

エレマイトを倒したのはタンタの意志だったのだ。

ルーティは満足そうに剣を納めた。

第六章 夏の思い出

翌日。今度こそ旅行最終日。

空は雲1つない快晴。

海はどこまでも青く澄んでいる。

この美しい光景は嵐が運んできたものだ。

「さあ泳ぐぞ！」

「「「「おー！」」」」

俺の掛け声にリット、ルーティ、ティセ、うげうげさん、タンタ、ゴンズが元気よく答えた。

ヤランドララ、ミド、ナオもその後ろで右腕を上げて応えている。

船が迎えに来るまでの間、俺達は最後まで泳いで旅行を楽しむことにしたのだった。

「いくぞタンタ！」

「わー！」

　タンタを中心に、ゴンズ達が海へと飛び込んだ。

　初日は船酔いをしていたナオも、今日は全力で海を楽しんでいる。

「本当にお疲れ様」

　ヤランドララとティセだ。

「2人もお疲れ様。色々あったけど最後はこうして楽しい思い出にできそうで良かったよ」

「本当ですよ、でもこれでタンタ君は大丈夫ですね」

「そう簡単なことじゃないさ。タンタの人生はこれからだ、迷うことも苦しむこともあるだろう」

「……そうね」

「これからも相談に乗ったりするよ。タンタの子供時代は終わるけれど、タンタは大切な友達だ」

　ヤランドララとティセは笑ってうなずいた。

「そういえばうげうげさんは？」

　前はティセと一緒に泳いでいたのに、うげうげさんの姿が海にない。

「あっちです」

「あっち？」

　ティセの指差す方を見ると、砂浜にバーベキューで使ったグリルが置いてあった。

よく見るとグリルの上にはフライパンが置いてあり、さらによく見るとうげうげさんが何やら忙しそうに動いている。

そして多分、頭にはちまきを巻いている。

「何をしているんだ？」

「最後のお昼は自分が作るとはりきっています」

「え、うげうげさんが料理を⁉」

いやうげうげさんは〝料理〟スキルを取っていて、ティセの料理の手伝いをするところを見たこともあるのだが……うげうげさんが1人で人間向けの料理が作れるのは衝撃的だ。

「焼きスパゲッティを作るそうです」

「まじかー」

ハイスペックな蜘蛛《くも》だ、いや本当。

「……楽しみだな」

「ええ、楽しみね」

うげうげさんが作る料理の味。

楽しみで仕方がない！

俺とヤランドララはうげうげさんに手を振って応援した。

うげうげさんはピョンと跳ねて応えてくれた。

＊　＊　＊

「そうだレッド！」

お昼の焼きスパゲッティを食べていた時、リットがはっと思い出した様子で叫んだ。

うげうげさんの作った焼きスパゲッティは美味しく、みんなからも好評だった。

ルーティとタンタはおかわりして2皿目だ。

「私ボール持ってきてたのすっかり忘れてた！」

リットはアイテムボックスから大きなボールを取り出す。

片手で投げるには大きめのサイズだ。

「これで遊ぼうと思っていたのよ！」

「大丈夫？　もうすぐ船が来るんじゃない？」

ナオが言った。

確かに迎えの船がそろそろ来そうだが、到着しても帰るのは集落で商品を売ってからになるだろうし少し時間はあるか。

「せっかくの旅行だ、心残りはないようにしよう」

俺は残ったスパゲッティを一気に口の中に放り込んだ。

みんなも同じように急いで昼食を終える。

「さあこれが旅行最後の遊びだ！」

俺達はまた海へと走り、全員でボール遊びをした。

「楽しい旅行だったね」

「ああ、楽しい旅行だった」

俺とリットはボールを追いかけながら笑い合う。

この旅行は最後の1秒まで、笑顔で溢《あふ》れていたのだった。

＊　　＊　　＊

洋上。船の上。

俺達はゾルタンに向けての帰路に就いていた。

「うーん、いい風」

リットはグッと伸びをした。首筋から胸元にかけてが見えてしまう。

俺はそれを見て少しドキリとしてしまった。

今回の旅行であれだけ水着姿を見てきたというのに、リットはいつも可愛《かわい》くて素敵な恋人だ。

「嵐もエレマイトが事前に起こしたものだったんでしょ？」

リットが言った。

真面目な話だ、意識を切り替えよう。

「そうだな、あれほどの天候操作は高レベルの『聖者』といえどもすぐに発動できるものじゃない。俺達が来る前から何日も掛けて準備していたんだろう」

俺が海に行こうと言い出したのは墓参りをした日だった。

あの時タンタは白い影を見て怖がっていて、それを見た俺がタンタを喜ばせるために何気なしに思いついた提案だった。

あれはエレマイトだったのだろう。〝預言〟スキルにより、あそこで脅かせば俺が海に行こうと言い出すことを分かっていた。

結局俺達は〝預言〟スキルの通りに踊らされていたことになる……それでもタンタが加護を寄せ付けないくらい強い夢を持っていたから、エレマイトには最初から勝ち目が無かった戦いだった。

「エレマイトのこと斬らなくて良かったの？　また何かちょっかいかけてきたら厄介だけど」

「大丈夫だ」

＊　＊　＊

戦いが終わった後、エレマイトは〝預言〟が外れたことに打ちひしがれていた。

今しかない。

「ここからは根比べだな」

「根比べ……？」

俺の言葉にエレマイトは顔を上げて聞き返す。

「ひとまず〝預言〟は外れた、ここは俺達の勝ちだ」

エレマイトが恐ろしい形相になったが俺は構わず話を続けた。

「だがタンタの人生はこれからだ、加護の影響を受けることも多くなるだろう」

「………」

「この島での思い出が消えることはない。だったら〝預言〟が本当に外れたかはタンタの人生が終わるまで分からない」

「………!!」

俺の言わんとしていることは伝わったようだ。

「だから根比べと言ったんだ」

「そうですね……ええ断言しましょう、いつか必ずタンタ君はデミス神の愛を選びます……その時まで、私はこの島で待ち続けましょう」

信仰者だからこそ、エレマイトは〝預言〟のための行動をすべて果たした今、これ以上の行動を取れない。

まぁ別の行動を取る可能性もあったが、信仰の支柱がぐらついている今なら俺の言う道理を認めるだろうと思っていた。

これで教会に戻って厄介な報告を上げることもないだろう。

＊　＊　＊

「相手を倒した後の交渉こそが戦争で一番大事な戦いなのさ」

騎士は時に外交官として交渉に当たることもある。

従士として仕えていた先輩騎士のフローレスさんは、倒した相手を憐《あわ》れむ心が騎士には必要だと言っていた。

それは心意気の話ではなく、戦後の交渉を成功させる方法だった。

〝預言〟を信じるエレマイトの信仰を潰すよりは、信仰に沿う形での決着にした方がエレマイトの脅威をなくせると考えたのだ。

「タンタの夢とは反するが、実力者とつながりがあることはタンタにとっても良いことだ。タンタが死ぬまでに〝預言〟が成就するというのが行動理由なら、タンタの身に危険が迫った時は力になってくれるだろう」

「そういうことがないように願いたいけどね」

リットは肩をすくめた。

何にせよ、エレマイトの脅威は去ったということだ。

「でもルーティは不満そうだったね」

「まぁな」

俺がエレマイトとの交渉を終えた時、ルーティは一度だけ俺の背中をポンと叩《たた》いた。

「驚いたよ、ルーティはずっと俺のやり方を肯定してきたから、ああして不満を形にするとは思わなかった」

ルーティとしてはエレマイトに完全勝利をしたかったようだ。

気持ちは分かる。

だがルーティも俺の方法がタンタにとって一番良い結果になるとは分かっていたようで、不満を出したのはその一度だけだった。

「レッドったら、なんだか嬉《うれ》しそうね」

「そりゃ嬉しいさ！」

ルーティが俺の考え方より、自分が正しいと思う考え方をした。

それはとても良いことだ。

「正直言うと嬉しくて泣きそうだった」

「そこまで感極まってたのね……」

リットは苦笑している。

だが妹の成長した瞬間だ。

嬉しくない訳がない。

「そういえば」

話が落ち着いて海を眺めていた時、リットが思い出したように言った。

「最後のはどういう意図だったの？」

「最後のって？」

「エレマイトに質問してたじゃない」

「ああ、あれは気になったというか……」

俺はエレマイトと別れる前に、１つ質問をした。

「〝もし『聖者』の加護がなくても、今のように強い信仰心を持てたか〟……だったよね？」

「ああ」

リットの言葉に俺はうなずいた。

これが俺がエレマイトに投げかけた質問だ。

「エレマイトの答えは、〝当然『聖者』でなければ今のような信仰は持てなかった〟だった」

「加護至上主義なんだからそう答えるでしょうね」

予想通りの答えか。

リットの言うこともその通りだと思う。

「それは信仰として正しい在り方なんだろうか」

「え？」

「いや、別に聖職者に限った話じゃないんだ。アレスにこの質問をしてみたいと思って……エレマイトならアレスと同じことを考えているかも知れないと考えたんだ」

「あー、確かにアレスも自分が優れているのは『賢者』だからだって感じだったもんね」

「……だとしたらエレマイトもアレスも、自分の価値が加護にしかないと思っていたんじゃないかな」

「かも知れないね」

だからアレスは俺が許せなかった。

俺が『賢者』の参謀としての役割を奪ってしまうことで、アレスは自分の加護の価値を疑ってしまった。

それはアレス自身の価値も疑うことになってしまう。

アレスがそう考えたのだとしたら、アレスは俺を追い出し、俺がやっていたことを1人で解決するしかなかったのではないだろうか。

「感傷的だねぇ」

リットは俺の頭をぎゅっと抱きしめた。

「考えすぎないでね」

「アレスのことを理解したくなったんだ……夏だからかな」

俺はリットの胸の中でそう言って笑った。

「あのー、お2人とも人前でイチャつくことへの抵抗ラインが日に日に下がっているんじゃないですか？」

ひょこっと現れたティセが呆《あき》れたように言った。

ティセの指差す方には、苦笑している商人がいる。

「あ、すみません」

俺はリットの胸の中に頭をうずめたまま謝った。

それを見て、ティセが微表情のままプルプル震えている。

どうやらティセなりの爆笑をしているようだ。

「まぁまぁここは海の上だから、他に誰も見ていないよ」

商人がそう言ってフォローしてくれた。

良い人だ。

リットはちょっと顔を赤くしながら、笑って俺の頭を解放した。

「それにしても、随分楽しい旅行だったみたいだね」

商人の視線が船首の方へ向く。

そこには毛布の中で寄り添って眠るタンタ達家族の姿があった。うげうげさんも毛布にくるまって眠っている。

「満足そうな寝顔だねぇ、よっぽど楽しかったのだろう」

タンタ達の寝顔を眺め、商人は穏やかな笑みを浮かべていた。

「ああ、とても楽しい旅行だったよ」

俺はそう答える。

ずっと忘れない夏の思い出だ。

「楽しかったね」

リットが俺にそう言った。

海の上、遠くに緑の島が見え、空には白い海鳥が飛んでいる。

日焼け止めは塗ったのだが、リットの顔は少し日焼けしていた。

リットは空色の瞳を細め、楽しそうに笑う。

その笑顔を見て、旅行に来て良かったと俺は心から思ったのだった。

エピローグ 成長

3日後、ゾルタン。

レッド&リット薬草店。

「客が来ない」

俺はカウンターに突っ伏してうめいた。

現実が戻ってきた。

1週間も店を空けていたのに、困ったという客がほとんどいなかった。

「店が休みだったことすら知らない人がほとんどだったのにはダメージ受けたよ」

「あはは、夏のゾルタンは本当にダメダメね」

商売にならない。

診療所への配達も、熱中症関係の薬以外はほとんど注文がなかった。

夏のゾルタン人は医者に行くのも面倒くさがっているのだ。

「はい」

リットが冷たい水の入ったコップを持ってきてくれた。

俺は一気に飲み干す。

よく冷えていてとても美味《おい》しい。

「また旅行に行くか」

「あはは、また行っちゃう？」

いっそ夏の間は夏休みということにするかと真剣に悩みだしたところで、入り口の扉についた鐘がカランと鳴った。

「お兄ちゃん、こんにちは」

「こんにちは、ようこそルーティ」

入ってきたのはルーティだった。

帰ってきてからは薬草農園の仕事をしていたはずだが、どうやら一段落ついたのだろう。

「お兄ちゃんに相談したいことがある」

「相談？」

ルーティの相談ならもちろん最優先だ。

俺はカウンターから立ち上がった。

「それならお茶を用意して奥で話すか？」

「ううん、庭が良い」

「庭か……」

身体を動かすような相談だろうか？

俺とリットは顔を見合わせた。

＊　　＊　　＊

俺とリットとルーティの3人は庭へ移動した。

「島では大活躍だったな」

まずは明るい話題を。

そう思って俺は3日前の思い出を話す。

エレマイトはルーティが中心となって倒したと言って良いだろう。

エレマイトの〝預言〟に乗った上で、タンタの意志によって打ち倒すという流れはルーティが考えたものだ。

ルーティが勇者だった頃は作戦立案は抜群でも、こういう人の感情や意思を加味するのが苦手だったのだが、それも過去の話のようだ。

「誇らしいよ」

「ありがとう、お兄ちゃん……私も頑張った」

ルーティは照れた様子で微笑んだ。

だがすぐに表情が真剣なものに戻る。

「お兄ちゃん、私の『シン』が新しいスキルを使えるようになった」

ルーティはそう言った。

「え？」

俺は思わず聞き返してしまった。

ルーティに発現した『シン』という加護は、加護レベルを上げてもスキルが取れないという異質な加護だった。

これまでルーティは最初に取った〝支配者〟のスキル以外は何も使えないまま、『シン』の加護レベルだけが上がっていた状態だった。

「新しいスキルって……一体どういうものなんだ？」

「それを見せようと思って来たの」

そう言ったルーティは武器も構えずリットの方を見た。

「リット、私に魔法を撃ってみて」

「ええ!?」

「全力でも構わない」

「そう言われても……とりあえず軽めのいくわね」

俺もリットも驚いているが、ルーティが冗談を言っているわけではないのは分かる。

リットは左手で印を組んだ。

「炎の精霊よ、我が指に集《つど》いて刃となれ！　ファイアーアロー!!」

炎の矢がリットの指から放たれる。

加護レベル1からでも使える小技の魔法だ。

ルーティなら避けるのは簡単なことだろうが……ルーティは避けない、魔法に抵抗する素振りすら見せない。

「ルーティ!?」

炎の矢は無防備なルーティの身体へ突き刺さる……はずだった。

「魔法が打ち消された!?　何のスキルも魔法も使っていないのに!!」

炎の矢はルーティに触れる前に消滅した。

「いや、何かのスキルが発動している……自動発動のスキルか」

一瞬、黒いモヤのようなものがルーティの身体を覆ったのが見えた。

あれがリットの魔法を打ち消したのだろう。

「これが『シン』の新しいスキル、〝支配者の衣〟。あらゆる魔法とエネルギー攻撃を無効化する」

「無効化……減衰じゃないのか？」

「うん無効化」

「反魔法結界《アンチマジック》がエネルギー攻撃にも対応した版みたいなものか」

反魔法結界《アンチマジック》は上級魔法使い系か上級聖職者系加護のみが使える上級魔法だ。

結界内ではあらゆる魔法は効果を失い、武器と肉体による戦いを強いることができる。

だが自分の魔法も打ち消すという欠点があり、魔法を一番の武器としている加護しか使えないのに、その魔法を封じてしまうという矛盾を持っている。

強力なだけに魔力消費も莫大《ばくだい》で、賢者アレス級の魔力の持ち主でも1分程度しか維持できないだろう。強いが使い所の難しい魔法だ。

だがルーティは首を横に振った。

「違う」

ルーティは手のひらから魔法で照明を出した。

「まさか……」

「うん、このスキルは相手の魔法だけを一方的に打ち消す。常時発動で自動発動、魔力も消費しない」

「そんな無茶苦茶《むちゃくちゃ》な!!」

反則だ。

こんなスキルがあったら世界中の魔法使いは絶望するだろう。

補助魔法や魔法の武器だって魔法の一種だ。

ルーティに近づけばそれも消えて、自分の肉体や武器本来の性能となる。

魔法使いでなくとも、ただでさえ最強のルーティ相手に魔法の力なしで戦わないといけないのだ。

「そんなの強すぎる……！」

俺よりも精霊魔法を使えるリットの方が、〝支配者の衣〟がどれだけ理不尽なスキルか理解しているのだろう。

『勇者』の強力なスキルとはまた異質。

それは加護同士の戦いを根本から否定するようなスキルだ。

「〝支配者の衣〟か……」

スキル名には意味がある。

デミス神の作ったスキルは名が効果を表すようなものが多いが、支配者の衣とはどういう意味だろう？

ルーティの最初に手に入れたスキルである〝支配者〟は、加護を支配するスキルだった。

だから支配者という名がついているのだと思っていたが……次のスキルの名が支配者の衣だと別の解釈が成り立つ。

すなわち、支配者とは『シン』のことなのではないか？

「今答えの出るものでもないか」

俺は頭を振って思考を止めた。

それよりも確認すべきは。

「ルーティ、何をしたら『シン』のスキルの取得条件を満たしたのか分かるか？」

「うん」

ルーティは自分の胸に手を当てた。

「お兄ちゃんと一緒に海で遊んで心から笑った時、自分の意志でエレマイトをやっつけると決めた時……島でたくさんの思い出が増えると同時にスキルの制限が解放されていった」

ルーティにとって、それはどれも大切な思い出だろう。

そう話すルーティの顔は穏やかだった。

だからこそ、相手を殺さないと成長しないはずの加護が強くなったのが意外だ。

他の加護とは全く違う……まるで。

「ルーティが成長したら加護も成長していくようだ」

人と共に成長する加護。

人の生き方を肯定する加護。

そんな加護が存在するのか？

この世界で人間は加護の力がなければ生きていくことは難しい。

人間より巨大で凶悪なモンスターを倒せるのは加護があるからだ。

剣も家も料理も、加護の力がなければ良いものは作れない。

そして加護を成長させるために、この世界の生き物は殺し合う。

それがデミス神の望んだ世界……だが、『シン』はそのルールを壊している。

もしすべての人間に『シン』のような人と成長する加護が与えられれば、戦いは大きく減るだろう。

「そうすれば、加護に従うのが効率的な世界から、自分の意志で生き方を選んでも良い世界に変わる……誰もがスローライフを選べる世界だ」

人が自分の成長で強くなれる世界。

アスラデーモンのガシャースラが言っていた言葉が脳裏によぎった。

『我々からすれば、加護に支配されるこの世界の生物どもの方が異形に思えるのだがな』

これが本来の姿なのか？

ルーティが『シン』に目覚めたことは魔王軍との戦いよりも重要なことなのではないか？

「お兄ちゃん……」

ルーティが不安そうに言った。

怯《おび》えるなレッド。

俺が怯えたらルーティも不安になるじゃないか。

もうルーティは加護によって恐怖を感じなくさせられた勇者ではなく、普通の女の子なのだ。

『シン』にどんな意味があったとしても、俺がルーティを守るということに変わりはない。

今年の夏の思い出がかけがえのないものだったように、秋も、冬も、春も、そして来年の夏も……俺達は楽しい思い出を作っていく。

それが俺の願いであり戦う理由なんだ。

あとがき

この本を手にとっていただきありがとうございます！　作者のざっぽんです。

新章突入の11巻。レッドとリットの婚約後の話まで到達することができるとは……ライトノベルが続刊できるかどうかは皆さんの応援で決まります。レッドとリットとルーティの物語をここまで書けたのは、皆さんがここまで読んでくださったからです。

本当にありがとうございます！


そして皆さんの応援のおかげで、さらに達成できた大きなご報告が！

なんとアニメ2期決定しました！　わーわー！

国内国外とも好評で、リアクションがとても良かったと褒めていただきました。アニメの2期ができるのも日本と海外の皆さんが応援してくださったからです。このあとがきは翻訳版にもあるはずなので、届くのはずっと先になるでしょうがここで海外の読者の皆様にもお感謝を伝えさせてください。

アニメ作りはまだまだ始まったばかりですが、監督は1期と同じ星野《ほしの》監督で2期も面白いアニメになるようスタッフ一同頑張っています！　続報をお待ちください！

本編の話も少ししましょう。

11巻はタンタの成長と家族の物語でした。事件の中で成長したアルと違って、タンタのように突然加護に触れて加護と夢どちらか道を選ぶことになるのは、この世界では一般的なことです。婚約したレッドとリットは、いずれ生まれてくる自分達の子供の時も、今回のように悩むことでしょう。

そして夏の海とバカンスの物語でもあります。ルーティ達と合流したのは冬だったので長らく水着回をやれなかったのですが、ついに季節が夏にたどり着きました！

やったね！

やすも先生の素晴らしい口絵と一緒に楽しんでいただけたら嬉《うれ》しいです。

アニメ以外のメディアミックスも順調です。

池野雅博《いけのまさひろ》先生の手掛けるコミックスは原作小説3巻の終盤に差し掛かったところ。とても丁寧にルーティとティセの感情を表現してくださっていて必見です。

東大路《ひがしおおじ》ムツキ先生の手掛ける冒険者時代のリット主役のスピンオフ『真の仲間になれなかったお姫様は、辺境でスローライフすることにしました』は現在1巻が発売されています。こちらもぜひ読んでみていただけたら嬉しいです。

PCゲームのスロプリもPCゲーム販売サイトの Steam にて好評配信中です。

さて、本巻も出来上がるのにたくさんの方々の協力が欠かせませんでした。

やすも先生は今回も素晴らしいイラストを仕上げてくれました。水着のルーティの可愛《かわい》さは、このエピソードを書いて良かったなぁと大満足です。

校正、デザイン、印刷、製本などなど1冊の本が出来上がるのは本を作る皆さんが良い仕事をしてくださったからです、本当にありがとうございました。

そして、今回からメイン担当として一緒に本を作った担当の岩田さん。無事本が出来上がったのは岩田さんのお力添えがあったからこそです。ありがとうございました。次巻もどうかよろしくお願いします！

それでは皆さん、また12巻でお会いしましょう！

２０２２年　雲に隠れた秋の月を眺めながら　ざっぽん

イラスト担当のやすもです。
今後も頑張るのでよろしくお願いいたします！

真《しん》の仲間《なかま》じゃないと勇者《ゆうしゃ》のパーティーを追《お》い出《だ》されたので、辺境《へんきょう》でスローライフすることにしました11

著　ざっぽん

角川スニーカー文庫　23392

2022年11月1日　初版発行

発行者　山下直久

発　行　株式会社KADOKAWA
〒102-8177 東京都千代田区富士見2-13-3
電話　0570-002-301（ナビダイヤル）

印刷所　株式会社暁印刷

製本所　本間製本株式会社

◇◇◇

●お問い合わせ
https://www.kadokawa.co.jp/（「お問い合わせ」へお進みください）
※内容によっては、お答えできない場合があります。
※サポートは日本国内のみとさせていただきます。
※Japanese text only

Printed in Japan　ISBN 978-4-04-112782-7　C0193

★ご意見、ご感想をお送りください★
〒102-8177 東京都千代田区富士見 2-13-3
株式会社KADOKAWA　角川スニーカー文庫編集部気付
「ざっぽん」先生「やすも」先生

角川文庫発刊に際して

角川源義

第二次世界大戦の敗北は、軍事力の敗北であった以上に、私たちの若い文化力の敗退であった。私たちの文化が戦争に対して如何に無力であり、単なるあだ花に過ぎなかったかを、私たちは身を以て体験し痛感した。西洋近代文化の摂取にとって、明治以後八十年の歳月は決して短かすぎたとは言えない。にもかかわらず、近代文化の伝統を確立し、自由な批判と柔軟な良識に富む文化層として自らを形成することに私たちは失敗して来た。そしてこれは、各層への文化の普及滲透を任務とする出版人の責任でもあった。

一九四五年以来、私たちは再び振出しに戻り、第一歩から踏み出すことを余儀なくされた。これは大きな不幸ではあるが、反面、これまでの混沌・未熟・歪曲の中にあった我が国の文化に秩序と確たる基礎を齎らすためには絶好の機会でもある。角川書店は、このような祖国の文化的危機にあたり、微力をも顧みず再建の礎石たるべき抱負と決意とをもって出発したが、ここに創立以来の念願を果すべく角川文庫を発刊する。これまで刊行されたあらゆる全集叢書文庫類の長所と短所とを検討し、古今東西の不朽の典籍を、良心的編集のもとに、廉価に、そして書架にふさわしい美本として、多くのひとびとに提供しようとする。しかし私たちは徒らに百科全書的な知識のジレッタントを作ることを目的とせず、あくまで祖国の文化に秩序と再建への道を示し、この文庫を角川書店の栄ある事業として、今後永久に継続発展せしめ、学芸と教養との殿堂として大成せんことを期したい。多くの読書子の愛情ある忠言と支持とによって、この希望と抱負とを完遂せしめられんことを願う。

一九四九年五月三日